KB057986

종이약국

마음이 아픈 당신을 위한 한 권의 처방전

종이약국

한국서점인협의회 엮음

강창래 외 지음

북바이북

어떤 책을 처방해드릴까요?

우리는 '위험사회'에 살고 있습니다. 과거에도 위험이 없었던 것은 아니었지만, 지금의 위험은 과거의 그것과 다르지요. 무엇보다도 전 지구적, 전 계층적이고 동시에 예측이 불가능합니다. 가족의 건강을 위해 화장대 가득 놓아두었던 비타민은 어느 날 갑자기 "과다 복용 암 유발 가능성 높아"라는 보도 앞에 우리의 기대를 배신하고 맙니다. 국민의 건강을 책임진다던 어느 환경기업의 두부는 '유전자 조작' 콩으로 만든 것이었고, '켄터키 프라이드치킨'은 닭 공장에서 매달 인구수만큼 제조되지요.

이 모든 위험과 공포의 원인은 우리들 안에 있습니다. 잘살아보겠다는 욕망의 극단이 경제적 이윤을 단일 가치로 하는 세상을 만들었습니다. 그러나 한 사회가 풍요롭기 위해서는 언제나 노동과 쉼, 생산과 소비, 투입과 산출의 조화와 균형이 필요합니다. 도시 환경의 깔끔한 정리 기능과 뒷골목 평상의 반정리 기능이 서로 조화되어야 하듯이, 저녁이 사라진 가정이 늘어날 때 위험은 시작됩니다.

지금 우리 사회에서 '여력餘力'은 그 어느 때보다 중요한 의미를 지닙니다. 이는 외부의 충격에 시스템이 붕괴되었을 때 사용할 시공간이며 여분의 에너지입니다. 위험 상황에 대비한 '비축 자원'이라는 양적 여력이기도 하고, '다양성의 가치'라는 질적 여력이기도 합니다. 외부의 충격에 대해 자기 복원력을 확보할 뿐 아니라, 사회적 풍요로움을 의미하기도 하지요.

그러기에 진정 여력을 다해서는 안 됩니다. 여력은 쓰기 위해 남겨논 것이 아닙니다. 내 걸음걸이에 필요한 공간만 존재할 때, 우리는 단 한 발짝도 나설 수 없습니다. 내가 밑을 보지 않고 넉넉하게 걸을 수 있는 것은 이 불필요한 공간이 존재하기 때문일 겁니다. 힘도 그러합니다. 물고기에게 몸을 움직여 아름답게 유영하기 위한 공간이 필요하듯, 여력은 힘이 힘으로 존재하기 위한 불필요입니다.

서점을 생각해봅니다. 서점은 그 사회를 지탱하는 여

백이고 여력입니다. 지역에서 삶의 일상이 '실핏줄'이라면, 서점은 그것을 힘차게 뛰게 하는 '심장'과 같습니다. 이 심장의 역할이 사라진다면, 실핏줄은 운행을 멈추게 되지요. 심장은 모든 핏줄에 연줄을 대고 있어야 합니다. 그러기에 지역 서점은 무엇보다 그 지역 주민들의 일상적인 고민과 함께해야 하고요. 그것이야말로 그 사회의 '회복탄력성'을 확보하는 일일 것입니다.

'한국서점인협의회(한서협)'는 점점 책이 사라지는 현실에서 수많은 고민과 실험을 진행했습니다. 그리고 우리는 지역 주민들의 직접적인 고민과 일상을 함께하기 위해 '종이약국'이라는 새로운 실험을 시작했습니다. 무엇보다 이 위험사회에는 현실에서 일상적으로 치유할 공간이 필요합니다. 그리고 책은 그 현실의 고민들을 함께 공감하고 해결할 수 있는 주요한 처방책입니다.

각 서점마다 우체통을 하나씩 설치하고 엽서를 만들어 게시했습니다. 첫 달부터 엄청난 엽서가 들어왔지요. 젊은이들의 취업 문제부터 삶의 의미를 묻는 엽서까지 다양한 질문이 들어왔고, 그 고민에 도움이 될 만한 책을 추천하였습니다. 몇 개월 동안 진행하면서 전국 서점에 모인 엽서들을 분석해보니 유사한 고민이 많았습니다. 유사한 고민들을 묶어 보니 20가지 질문이면 90퍼센트 정도의 고민에 답할 수 있었습니다.

'종이약국 서가'는 다독가로 유명한 작가, 기자, 출판 평론가 들에게 이 20가지 질문이 담긴 질문지를 보낸 후 각 질문마다 한두 권의 책을 짧은 글과 함께 추천받아 꾸몄습니다. 그 과정은 지역 안에 존재해야 하는 서점의 역할과 의미에 대해 많은 통찰을 하는 계기가 되기도 하였습니다. 『종이약국』은 그러한 과정의 결과물 중 하나이며, 서점이 지역 주민들에게 다가서게 할 디딤돌입니다.

여백은 숨 쉬는 공간이며, 존재의 존재 방식입니다. 여력은 자기 안에 채워진 '힘'들의 가치와 의미를 묻습니다. 여백과 여력은 자기와 다르게 생긴 대상을 존중의 눈으로 볼 수 있게 하는 창입니다. 그러기에 서점은 '여백'이며 '여력'입니다. 가족들이 주말에 향유하는 그 '시간과 공간'은 우리 사회의 안전판입니다. 달려가는 일을 잠시 멈추고 자신을, 가족을, 우리 사회를 보게 하기 때문이지요.

일상에서 상처받은 사람들을 서점이 기다리고 있습니다. 여력이 없어 숨 고르기가 힘든 사람들은 물론, 부족한 용기를, 아픈 마음을 치유할 책이 서점에 있습니다. 주저하지 말고 문을 두드려주세요. 여기는 종이약국입니다.

한국서점인협의회

차례

사는 게 우울하고
의욕도 없어요

『공중그네』

오쿠다 히데오 지음,
이영미 옮김, 은행나무,
2005

　　여섯 개의 작품이 실려 있습니다. 삶과 직업으로 인해 스트레스, 무기력, 번아웃에 찌든 주인공들이 등장해요. '이라부'라는 의사가 그 주인공들이 현실을 극복해나갈 수 있도록 도와줍니다. 방법이 아주 기상천외하지만 묘하게 공감이 갑니다. 무작정 재미있기도 합니다. 일단 펼쳐 보세요. 속편인 『인 더 풀』(은행나무)도 읽고 싶어질 겁니다.

강창래

『괜찮아, 나도 그래』

순천신흥중학교
북적북적동아리 지음,
학교도서관저널, 2017

10대 중학생들이 속내를 직접 털어놓은 책입니다. 순천신흥중학교의 독서부 아이들은 책과 소통하기 시작하면서 친구들과 소통되고, 마침내는 세상과도 소통되는 맛을 느꼈어요. 그 또래들이 겪을 만한 일들을 솔직하게 토로하고, 그때의 마음을 그린 책을 읽으며 자신은 물론 서로를 더 잘 알아가는 과정을 적었습니다. 박상률

『나는 심리치료사입니다』

메리 파이퍼 지음,
안진희 옮김,
위고, 2019

소란스러운 제 마음을 저도 알 수 없던 날이 많았습니다. 그런 제 모습을 이해시키기 위해 설명하느라 온 마음을 소진해버렸던 날도 있었습니다. 심리학자 메리 파이퍼는 부침을 겪고 있는 우리에게 어려운 심리학 용어도, 손쉬운 위로의 언어도 꺼내지 않습니다. 그저 우리 모두는 상처 입은 마음을 안고서 살아가는 법을 배워야 한다고 말합니다. 어떤 소리로 공간을 채워야 할 의무는 없다고 말합니다. 전은경

『나는 왜 무기력을 되풀이하는가』

에리히 프롬 지음,
장혜경 옮김,
나무생각, 2016

　　무기력한 날을 반복하며 지쳐 있는 당신에게, 단순한 위안이 아닌 보다 근본적인 질문과 해결책을 제시해주는 책입니다. 삶의 무기력, 채워지지 않는 공허를 느낀다면 '자신이 원하는 삶'이 아니라 '남이 바라는 나'로 살고 있지는 않은지 먼저 물을 일입니다. 일상에서 반복되는 무기력의 원인과 애써 외면해온 무기력의 진실을 알고 싶다면 지금 이 책을 펼쳐 보세요. 이용주

『나를 부르는 숲』

빌 브라이슨 지음,
홍은택 옮김,
까치, 2018

번아웃되었을 때, 여행만큼 좋은 치유책이 있을까요. 3,360킬로미터 애팔래치아 트레일에 나선 작가 빌 브라이슨은 때론 유쾌하게, 때론 고독하게 걷고 또 걷습니다. 자기를 채우는 시간을 갖는 것만큼 중요한 일은 없기 때문이죠. 걷고 또 걸으면 무기력을 떨치고 일어날 힘을 얻으리니, 빌 브라이슨이 가장 좋은 안내자가 될 것입니다.

장동석

『모든 것은 빛난다』

휴버트 드레이퍼스·
션 켈리 지음, 김동규 옮김,
사월의책, 2013

이야기의 힘을 알고 있나요? 『모든 것은 빛난다』의 두 저자는 빛이 사라진 옛이야기에서 삶의 빛을 찾고자 했다고 말합니다. 이야기를 통해 "절망을 떨쳐내고 싶지만 그 절망에 사로잡힌 사람"이 가치 있는 무언가를 발견할 수 있기를 바라는 마음에서요. 현대인의 공허와 권태를 서양 고전 속에서 해체한 책이죠. 책의 제목처럼 모든 것이 빛나는 것은 아닐 수도 있습니다. 그럼에도 삶 속에서 더없이 빛나는 것들의 존재를 찾고 싶은 이에게 동행서가 필요하다면 『모든 것은 빛난다』를 권합니다. 전은경

『북유럽 종이 모빌』

옌스 푸네르닐센 지음,
남궁가윤 옮김,
황금시간, 2013

'의욕 없는 사람에게 웬 종이 모빌 책?'이라고 생각할 지도 모르겠습니다. 인간사에서의 무기력은 대부분 인간 으로부터 비롯됩니다. 그런 감정이 휘몰아칠 때, 저는 인 간에게서 떨어져 단순하고 정직하고 아름다운 것에 눈 돌리곤 합니다. 가만히 종이 본을 뜨고 가위질을 하며 모 빌 만들기에 몰입하다 보면, 당신이 느끼는 무기력이 조금 은 떨쳐질지도 모릅니다. 임윤희

『사는 게 뭐라고』

사노 요코 지음,
이지수 옮김,
마음산책, 2015

오늘이 어제 같고, 아침에 일어나 하고 싶은 일이 있지도 않고, 그렇게 해야 할 이유도 생각나지 않을 때 사노 요코의 『사는 게 뭐라고』를 읽었습니다. 마음먹고 또 마음먹어서 겨우 일어나는 것으로 하루를 시작하는 사노 요코는 냉장고 속 자투리 재료를 몽땅 냄비에 넣고 때로는 맛있는, 때로는 토할 것 같은 맛없는 요리를 합니다. 밤새도록 한국드라마를 보다 턱이 틀어지기도 하고 엄청난 양의 DVD를 사 모으며 뒤늦게 재산을 탕진하기도 하는데요. 특별한 이야기를 하지도 않으면서 "인생은 번거롭지만 먹고 자고 일어나기만 하면 어떻게든 된다"라고 말하는데, 읽는 동안 참 많이 웃었습니다. 그렇게 몇 번 웃다 보니 삶이 조금 상쾌해졌습니다. 안정희

『소진 시대의 철학』

김정현 지음,
책세상,
2018

성과사회, 피로사회, 불안사회, 분노사회, 위험사회 등으로 일컬어지는 오늘날 사회를 '소진 시대'라 진단합니다. 세계화와 신자유주의가 야기한 수많은 문제와 그 원인, 해결책을 담았어요. 우울, 불안, 무기력을 개인의 문제가 아닌 시대의 문제로 보고, 개인이 삶의 의미를 잃고 소진되어가는 시대에 철학을 소환하여 치유의 수단으로 삼고 있습니다. 한기호

『스물아홉 생일, 1년 후 죽기로 결심했다』

하야마 아마리 지음, 장은주 옮김, 예담, 2012

아마리는 변변한 직업도 없고, 애인에게는 버림받았습니다. 소심한 데다가 73킬로그램이 넘는 외톨이 신세지요. 깜깜한 미래가 절망스러워 자살을 결심하는 그녀. 하지만 딱 1년 후에 죽기로 하고, 평소 해보지 못한 것들에 도전합니다. '어차피 죽을 몸인데 뭘 못하겠어?' 우울과 절망에 빠진 청춘들에게 희망과 성장을 보여주는 책입니다. 이영미

『슬램덩크』

이노우에 다케히코 지음,
대원씨아이,
2015

언젠가부터 마음이 불안할 때 이 책을 꺼내 읽습니다. 사회라는 코트에서 뛰는 누구에게나, 몇 초 남지 않은 상황에서 반드시 슛을 성공시켜야 할 때가 찾아옵니다. 그럴 때 잠시 "타임"을 외치고 용기를 주는 책을 한 권 꺼내 읽는 것이 필요하죠. 저는 마지막 권인 '북산과 산왕공고의 전국대회' 편의 서사를 쭉 따라 읽는 것을 좋아했고, 주인공 강백호의 "물론, 나는 천재니까"라는 말에서 많은 용기를 얻었습니다. 김민섭

『심야식당 에센스』

아베 야로 지음,
미우,
2013

밤 열두 시부터 아침 일곱 시까지 문을 여는 '심야식당'에는 추억의 맛을 즐기는 사람들이 모여듭니다. 단골손님들의 삶이 음식을 통해 드러나지요. 단골손님끼리 눈이 맞기도 해요. 마스터(주인이자 주방장)도 매력적이죠. 맛과 사연에 얽힌 스토리가 잔잔하고 감동적입니다. 원래 시리즈로 나오던 것인데, 그것들 가운데 가장 좋은 작품만 골라놓은 책입니다. 강창래

『아침식사의 문화사』

헤더 안트 앤더슨 지음,
이상원 옮김,
니케북스, 2016

일어나기 싫어! 회사 가기 싫어! 약속도 귀찮아! 그냥 아무것도 하고 싶지 않아! 아무것도 안 하는 것도 싫어! 이럴 때는 아무 생각 없이 맛나게 먹는 한 끼가 도움이 됩니다. 밥으로 해결되지 않는다면, 십중팔구 책으로도 해결되지 않을 겁니다. 일찍 일어나 맛난 아침을 먹으며 하루를 시작해본다면, 조금은 활기찬 하루가 되지 않을까요. 근사한 요리도 필요 없습니다. 아침으로는 달걀 프라이에 바싹 튀겨진 베이컨이면 되니까요. 맛있는 식사에 맛있는 이야기가 더해진다면 금상첨화겠지요. 김동국

『야생의 위로』

에마 미첼 지음,
신소희 옮김,
심심, 2020

25년간 우울증을 앓았던 박물학자가 집 앞 숲길을 산책하며 자연으로부터 받은 위안을 1년 동안 기록해 엮었어요. 불안과 우울감에 침잠되어 생기를 잃어갈 때, 저자는 산책을 하며 자연이 선사하는 아름다움으로 요동치는 마음의 균형을 잡았죠. "세상이 혼란스럽고 망가진 것처럼 보이고 암담한 생각이 걷잡을 수 없이 커질 때, 나는 집에서 나와 나무들이 있는 곳까지 5분 동안 걸었다"라는 미첼의 말처럼 마음이 지치고 소란할 때, 자연의 위로를 받아보면 어떨까요. 이유리

『어차피 내 마음입니다』

서늘한여름밤 지음,
위즈덤하우스,
2017

세상의 기준과 다른 방향을 바라본다는 것은 사랑하는 사람이 안전하길 바라는 마음을 저버리고 불안과 함께해야 한다는 의미입니다. 모두와 다른 선택을 했다고 해서 비난받아 마땅한 것은 아니지요. 상대의 마음을 지지하고, 내 마음을 지켜나가는 '서늘한여름밤'의 마음 수호법을 만나보세요. 불안과 마주하고, 실수도 사랑할 수 있는 힘이 생겨납니다. 전은경

『지금도 나를 가르치는 아이』

황금성 지음,
단비,
2013

아이들의 아픔은 가지각색입니다. 하지만 저자의 진정 어린 인품에 아이들의 아픔도 조금은 덜어내지는 느낌입니다. 이 책은 아픔 많은 아이들의 사연을 교사인 저자가 가감 없이 그려낸, 일종의 '교단일지'예요. 그러나 여타의 고답적인 교단일지와는 달리 아이들과 같이 웃고 운 사연들이 꼭지마다 박혀 있습니다. 어쩌면 아이들이 되레 어른들의 스승인지도 몰라요. 박상률

『우아하고 호쾌한 여자 축구』

김혼비 지음,
민음사,
2018

　축구를 좋아하고, 직접 하는 여자들의 이야기입니다. 축구를 잘하고 싶어서 근육을 키우고, 축구하는 데 거추장스러워 머리를 자르는 여자들의 좌충우돌 사연들을 읽다 보면 내 몸에 엔도르핀이 절로 돕니다. 호나우두의 '스텝 오버'처럼 휘몰아치는 김혼비의 글발은 말할 것도 없이 '꿀잼 모먼트'죠. 이슬기

『9990개의 치즈』

빌렘 엘스호트 지음,
박종대 옮김,
열린책들, 2015

"당장 내일 회사에 출근하지 않아도 된다면…." 무기력한 일상을 사는 직장인에게 이 얼마나 달콤한 제안인가요. 만약 누군가 절대 망할 염려가 없고 안정적인 수입이 보장되는 근사한 사업을 제안한다면 당신의 선택은? 익살과 재치가 넘치는 이야기 전개와 역설적인 결말로 기대하지 않았던 감동을 선물하는 책입니다. 이용주

이렇게 살아도
되는 걸까요?

『곰스크로 가는 기차』

프리츠 오르트만 지음,
안병률 옮김,
북인더갭, 2018

이제 막 결혼한 신혼부부가 여행을 떠납니다. 목적지는 곰스크. 어릴 적부터 아버지에게 곰스크로 가야 한다는 말을 듣고 자란 남편의 인생 목표는 곰스크로 가는 것. 하지만 우연히 내린 중간 기착지에 정착하게 되었고, 떠나려는 남편과 남으려는 아내의 실랑이가 시작됩니다. 가야 할까, 남아야 할까. 두 길 사이 어딘가에 있을 인생의 목적은 곧 우리 모두의 삶의 길과 다르지 않습니다.

장동석

『구본준의 마음을 품은 집』

구본준 지음,
서해문집,
2013

시공간을 초월하여 우리가 살아가는 이야기를 담은 다양한 집을 소개하고 있습니다. 건축을 소재로 하고 있지만 집을 짓는 이야기는 아니고, 제목처럼 집마다 어떤 마음이 담겨 있는지 그 사연들을 들려주고 있습니다. 살아가는 일에 맞고 틀리고가 있는지는 모르겠지만, 마음을 담은 이야기들이 앞으로 나아가보라고 응원해주는 듯해서 참 좋습니다. 안정희

『그림자를 판 사나이』

아델베르트 폰 샤미소 지음,
최문규 옮김,
열림원, 2019

『돈으로 살 수 없는 것들』(마이클 샌델, 와이즈베리)의 소설 버전입니다. 자신의 '그림자'를 판 대가로 도깨비 방망이 같은 금화 주머니를 얻은 주인공의 삶을 통해 돈으로 살 수 없는 소중한 것들이 존재한다는 사실을 풍자했습니다. 부와 명예가 최상의 가치가 되어버린 시대에 '무엇이 정말로 소중한가? 어떻게 살아가고 싶은가?'라는 근본적인 질문과 마주하게 합니다. 이용주

『나는 둔감하게 살기로 했다』

와타나베 준이치 지음,
정세영 옮김,
다산초당, 2018

아이러니하게 들릴지 모르겠어요. 둔감한 게 좋을 때가 많습니다. 심리학 실험 결과도 그랬어요. '신경에 거슬리는 것을 참았던' 사람들은 그저 무시해버린 사람들보다 훨씬 더 힘들었습니다. 사소한 일에는 둔감해지는 게 좋습니다. 그래야 더 건강해지고 성공할 확률도 높아집니다. 주변의 눈치를 보기보다는 자기만의 길을 가라는 겁니다. 이 책만으로 그게 잘 안 된다면 『둔감력 수업』(우에니시 아키라, 다산북스)도 읽어보세요. 강창래

『나를 바꿀 자유』

김민기 지음,
프레너미,
2019

의외로 많은 사람들이 당신과 같은 고민 속에서 살고 있습니다. 우선 내가 가장 흥미를 느끼는 일을 생각해보세요. 혹은 어떤 일을 할 때 가장 행복했는지, 행복까지는 아니더라도 지루하지 않게 시간을 보냈는지 깊게 생각해보세요. 『나를 바꿀 자유』를 읽고 자기만의 최고의 꿈을 찾아보는 거죠. 이런 긍정적 몽상 속에서 의외로 살아야겠다는 욕망이 솟구쳐 오를지도 모릅니다. 박승민

『내 말 좀 들어줄래?』

정수임 지음,
서유재,
2017

　　10대 청소년들은 때때로 마음의 빗장을 단단히 닫아
겁니다. 어른 자리에서 보면 그들의 속내를 당최 알 수 없
죠. 하지만 청소년들은 나름대로 다 이유가 있어 마음의
문을 잠급니다. 그들이 꽉 잠근 마음의 문을 여는 비밀
열쇠를 마련한 책입니다. 청소년들의 '사랑', '감동', '배신
감' 등 아홉 개의 목소리와 '억울함', '자기애', '용기' 등 아
홉 개의 시선에 문학작품과 그림을 곁들여 청소년들의 속
내를 드러냈지요. 읽다 보면 어느새 위로가 되어 불안한
마음이 사라지고 있음을 느낄 수 있을 거예요. 박상률

『내가 가는 길이 꽃길이다』

손미나 지음,
한빛비즈,
2019

　　어릴 적엔, 이 시기만 넘기면 다시는 방황하지 않을 줄 알았어요. 그러나 시간이 갈수록 답을 알 수 없는 수많은 질문이 앞을 가로막습니다. 여전히 안개 속을 걷는 기분이 들어요. 순간순간의 내 선택을 믿고, 현재의 삶에 집중하며, 누군가가 아닌 나 자신을 위해 사는 것. 그것이야말로 여행작가 손미나가 길 위에서 배운, 자기 안의 두려움을 이기고 삶을 긍정하는 법입니다. 이영미

『당신 인생의 이야기』

테드 창 지음,
김상훈 옮김,
엘리, 2016

인간의 삶과 죽음을 논리적으로 설명할 수 있을까요? 작가 테드 창에겐 가능한 일입니다. 수·과학적 원리와 예술적 상상력의 만남은 그것을 가능하게 만들었습니다. 테드 창은 고정된 사고 체계를 뒤흔들며 우리가 상상조차 하지 못한 너머의 세상을 보여줍니다. 인간이 무의식에서부터 삶을 정형화하고 코드화하고 있음을 인식하게 합니다. 전은경

『삶의 한가운데』

루이제 린저 지음,
박찬일 옮김,
민음사, 1999

'운명'이라는 굴레 안에서 살아지는 대로 살아야 하는 삶은 공허와 체념을 필연적으로 동반합니다. 때로는 그 공허와 체념이 수용과 배려로 해석되기도 하지요. '삶의 한가운데'로 질주하는 삶은 어떤 모습일까요? 세상과 불화하는 삶에서 자신의 존재를 확인하려면 부정당한 시간을 돌보고, 거부당한 본질을 스스로 어루만져야 합니다. 니나 부슈만처럼요. 전은경

『삶이 내게 말을 걸어올 때』

파커 J. 파머 지음,
홍윤주 옮김,
한문화, 2019

어떻게 살 것인가? 『삶이 내게 말을 걸어올 때』는 이 물음을 담담한 어조로 다룹니다. 저는 책에 담긴 인생의 봄, 여름, 가을, 겨울의 모습을 읽으면서 위로와 통찰을 얻었습니다. 어떻게 하라는 조언은 없습니다. 섣부른 위로와 피상적인 처방 대신 우리 앞에 놓인 삶이 어떠한 것인지 보여주고, 자기 내면의 목소리를 듣는 일이 왜 중요한지 설명합니다. 지혜로운 어른들이 가졌을 법한 부드러운 단단함이 느껴지는 책입니다. 연지원

『술 취한 코끼리 길들이기』

아잔 브라흐마 지음,
류시화 옮김,
연금술사, 2013

저자인 아잔 브라흐마 스님은 오스트레일리아의 법륜 스님 같달까요. 따뜻한 유머를 잃지 않고 정확한 가르침을 주는 것으로 유명합니다. 저자는 케임브리지 대학 물리학과를 나왔는데요. 태국 고승 아잔 차 스님 밑에서 수행하며 깨달은 108편의 이야기를 책에 담았습니다. "아무것도 되려고 하지 말라. 자신을 다른 존재로 바꾸려 하지 말라." 인생의 본질은 놓아버리는 데 있는지도 모릅니다. 근심도, 걱정도, 후회도, 의심도, 사실 나의 것이 아닐지도요. 이유진

『스토너』

존 윌리엄스 지음,
김승욱 옮김,
RHK, 2015

대개의 문학에는 삶과 죽음, 사랑과 이별이 담겨 있습니다. 이 소설은 문학을 가르치는 대학교수인 윌리엄 스토너의 삶을 그려내고 있어요. 극적인 문학을 가르치는 이의 특출할 것 없는 일생을 묘사한 작품을 찬찬히 따라가며, 그 담백한 기술에 빠져들다 보니, 자연스레 제 삶도 들여다보게 되었습니다. 그럼 된 거죠. 임윤희

『시골에서 살림 짓는 즐거움』

최종규 지음,
스토리닷,
2017

　아이들과 시골에서 숲집을 그리며 사는 길이 옳은지는 잘 모릅니다만, 늘 하나를 느껴요. 아이들이 맨발로 뛰놀고 마음껏 웃으며 노래할 수 있는 곳에서 보금자리를 일군다면 넉넉한 길이겠다고요. 풀꽃나무랑 이야기하고, 바람을 마시고, 구름을 부르고, 냇물이 들려주는 노래를 배우고, 멧새하고 노는 길을 어버이랑 아이가 같이 배우면 걱정할 일이 없습니다. 『시골에서 살림 짓는 즐거움』에는 그런 마음이 있습니다. 최종규

『아침의 피아노』

김진영 지음,
한겨레출판,
2018

미학자이자 철학자인 김진영이 암 선고를 받은 2017년 7월부터 임종 3일 전인 2018년 8월까지 병상에 앉아 썼던 메모와 일기를 모은 책입니다. 죽음으로부터 삶을 배우는 법을 알려줍니다. 자신에게 다가오는 죽음을 겸허히 맞이하는 한 철학자의 사유가 아름답게 담겨 있어요.

한기호

『어떻게
나답게 살 것인가』

에밀리 에스파하니
스미스 지음, 김경영 옮김,
RHK, 2019

이 책은 놀라운 이야기로 시작합니다. 무작정 행복을 추구하는 사람은 불행해집니다. 당장은 괴롭고 힘들더라도 의미 있는 삶을 살아가는 사람에게는 행복이 찾아옵니다. 과거와 현재 인물들의 이야기를 통해 '나만의 가치'를 추구하는 것이 얼마나 중요한지 보여줍니다. 결국 나답게 사는 것이 행복의 비결인 거죠. 테드 강연으로 인기를 얻은 저자의 부드럽고 가끔은 단호한 이야기를 들어보세요. 강창래

『연금술사』

파울로 코엘료 지음,
최정수 옮김,
문학동네, 2001

20대 초반에 읽은 이 책은 저의 삶에 많은 영향을 미쳤습니다. 무표정하게 읽다가 서사의 마지막에 이르러서는 '아, 이런 게 소설이구나' 하고 느꼈죠. 주인공은 자신에게 찾아온 모든 우연을 필연으로 여기며 자신을 변화시켜나갑니다. 자기 자신을 삶의 주인공으로 여기는 삶의 태도는 실제로 믿기 어려울 만큼 놀라운 일들을 가능하게 만듭니다. 김민섭

『오래된 것들은
다 아름답다』

승효상 지음,
컬처그라퍼,
2012

주위를 둘러보세요. 수많은 책들이 보이십니까? 그 책들은 모두 저마다 올바른 삶, 멋진 삶, 더 나은 삶에 대해 말하고 있습니다. 보편적으로 '맞는 삶'이라는 게 있다면, 저 책들의 99.9퍼센트는 헛소리를 하고 있는 겁니다(사실 90퍼센트 정도는 헛소리이긴 하지요). 『오래된 것들은 다 아름답다』는 삶의 본질에 관한 책은 아닙니다. 대신 이런 것들이 있습니다. 여행, 건축, 공간, 시간, 자연, 삶, 죽음, 고독, 기억 등. 아마 어딘가에 당신의 삶을 위한 무언가도 있지 않을까요. 김동국

『일간 이슬아 수필집』

이슬아 지음,
헤엄,
2019

카페 아르바이트, 잡지 기자, 글쓰기 교사, 누드모델, 만화가 등 다채로운 직업 생활을 경험한 작가의 수필집입니다. 지금은 에세이스트, 출판사 사장, 라디오 DJ까지 섭렵했죠. 학자금 대출을 갚기 위해 하루 한 편의 글을 보내주는 메일링 구독 서비스를 시작했던 저자의 하루하루가 고스란히 담겨 있습니다. 느긋한 듯 치열한 삶의 자세, 일상의 장면들을 다르게 보는 눈 등 이슬아의 책에는 건져 올릴 것들이 많습니다. 이슬기

『지지 않는다는 말』

김연수 지음,
마음의숲,
2012

"내 삶에서 가장 큰 영향을 끼친 건, 지지 않는다는 말이 반드시 이긴다는 걸 뜻하는 것만은 아니라는 깨달음이었다. 지지 않는다는 건 결승점까지 가면 내게 환호를 보낼 수많은 사람들이 있다는 걸 안다는 뜻이다. 아무도 이기지 않았지만, 나는 누구에게도 지지 않았다." 인생을 달리기에 비유한 김연수 작가의 책을 읽으면서 남들보다 뒤쳐지지 않을까 조바심 내고 불안해하던 사회 초년생 시절을 버틸 수 있었습니다. 회피하거나 도망가지 않고 그 순간 주어진 것을 계속한다면 나의 가치를 알아주는 날은 분명히 온다는 거죠. 인생의 기술을 알려주는 책이에요. 이유리

『참된 삶』

알랭 바디우 지음,
박성훈 옮김,
글항아리, 2018

 "나는 젊은이들의 타락을 요구한다." 철학자 알랭 바디우가 젊은이들에게 다소 도발적인 메시지를 던졌습니다. 자본주의 시대의 가치 기준인 돈이나 쾌락, 권력을 추구하는 성공 지향적인 삶에 저항해 예술과 사랑, 정치에 관심을 가지되 과학에도 무지하지 않은 '지혜를 가진 어른'으로 사는 삶의 방식을 제안합니다. 이용주

꿈을 찾지 못해
고민이에요

『고민하는 힘』

강상중 지음,
이경덕 옮김,
사계절출판사, 2009

우리가 살아가는 사회의 또 다른 이름, 무한 경쟁. 그 곳에서 우리는 꿈을 잊고 삽니다. 생존을 위한 잔기술만 알려줄 뿐, 누구 하나 꿈에 대해 이야기하지 않습니다. 일본 작가 나쓰메 소세키와 독일 사회학자 막스 베버를 통해 급변하는 사회에서 살아갈 우리에게 변하지 않는 삶의 진리란 무엇인지 논하는 강상중 교수의 문제 제기는 실로 진지합니다. 장동석

『공부의 미래』

구본권 지음,
한겨레출판,
2019

　『로봇 시대, 인간의 일』(어크로스)이 고등학교 국어 교과서에 실린 뒤 저자는 수많은 청소년과 대학생 들을 만났습니다. 그때마다 사람들은 미래에 어떤 직업을 가져야 하는가를 가장 많이 물었다고 해요. 미래에 어떤 직업이 생기고 사라질지 정확히 아는 사람은 세상에 없습니다. 하지만 책은 우리를 확실히 더 좋은 곳으로 데려다줍니다. 직업이나 꿈을 찾으려면 가장 먼저 자신을 파악해야 하고, 내가 무엇을 알고 모르는지 정확하게 확인하려면 '메타인지' 능력을 갖춰야 해요. 메타인지 능력을 기르는 가장 좋은 길은 책 읽기입니다. 이유진

『나무의 시간』

김민식 지음,
브레드,
2019

나무를 잘 아는 사람을 만나면 손부터 슬쩍 보게 돼요. 나무와 함께 숨 쉬는 손에는 이 사람의 인생이 담겨 있겠구나, 거친 질감을 쓸어내고 알맹이를 내비쳐 물성을 제공하는 나무를 보며 많은 걸 깨우치겠구나, 하면서요. 40여 년 목재 컨설턴트로 일하고 있는 저자는 나무와 함께한 오랜 경험을 인문학적 지식으로 풀어내고 있어요. 읽다 보면 나무의 역사와 나무가 인류에 미친 영향까지 알 수 있죠. 한 가지 일을 꾸준히 한 사람에게서 느껴지는 내공은 삶의 단면에 매몰되어 이면을 보지 못한 우리의 사고를 확장시켜줍니다. 이유리

『나의 색깔 나의 미래』

리처드 볼스·캐럴 크리스틴 지음, 이종훈 옮김, 나는나다, 2016

무슨 일을 하고, 어떤 길을 선택해야 하는가? 이 질문의 답변은 당신의 상황이나 나이에 따라 달라질 수밖에 없습니다. 10대들에겐 『나의 색깔 나의 미래』를 권하고 싶네요. 자기 이해를 다룬 명저 『파라슈트』(리처드 볼스, 한국경제신문)의 10대 버전입니다. 당신이 20대라면 조나단 블랙의 『어떻게 원하는 미래를 얻는가?』(코리아닷컴)를 소개합니다. 옥스퍼드 대학 경력개발센터 소장으로 10년간 커리어를 상담해온 저자의 책입니다. 오래전에 대학을 졸업했다면 커리어 전문가가 쓴 『어른들도 진로가 고민입니다』(김이준, 이담북스)는 어떤가요? 정겨운 표지와 달리 이론서에 가까운데, 갈림길 앞에서의 고민을 덜어줄 이론들을 담았습니다. 연지원

『내 인생에
용기가 되어준 한마디』

정호승 지음,
비채,
2013

　　자신의 꿈을 찾지 못하는 것만큼 불행한 일은 없습니다. 그것은 목표 없이 망망대해에 떠 있는 선박이나 마찬가지이기 때문입니다. 성인이 된다는 것은 자유를 얻는 대신 자신의 행동에 대한 책임과 경제 능력까지도 스스로 해결해나간다는 의미겠지요. 그런 점에서 나만이 할 수 있는 일이 무엇인지를 곰곰이 생각해보는 일이 중요할 것 같습니다. 우선 용기부터 가져보세요. 정호승 시인의 『내 인생에 용기가 되어준 한마디』를 권합니다. 박승민

『리타 헤이워드와 쇼생크 탈출』

스티븐 킹 지음,
이경덕 옮김,
황금가지, 2010

잘나가던 은행가였다가 살인죄로 감옥에 갇힌 앤디는, 할 수 있는 일이라고는 아무것도 없다고 생각하던 그곳에서 새로운 세상을 만들어갑니다. 잘하거나 좋아하는 일이 무엇인지 모르겠고 사회에서 어떤 일을 필요로 하는지 막막할 때, 어디에 있든 자신만의 방식으로 자신의 세계를 구축하는 앤디의 이야기가 힘을 줄 수도 있을 듯합니다. 안정희

『명견만리: 미래의 기회 편』

KBS <명견만리>
제작팀 지음,
인플루엔셜, 2016

인류는 지금 엄청나게 빠른 속도로 변해가는 세상을 살고 있습니다. 20년 전만 해도 상상할 수 없었던 디지털 기술의 발전. 받아들여야 할 정보량도 폭발적이죠. 미래를 내다보는 눈과 지혜가 절실한 시대입니다. 불안과 두려움에 빠진 개인은 익숙한 프레임에서 벗어나 만 리를 내다볼 줄 알아야 합니다. 과연 우리가 준비해야 할 미래의 기회는 어떤 것일까요? 이영미

『연필 하나로 가슴 뛰는 세계를 만나다』

애덤 브라운 지음,
이은선 옮김,
북하우스, 2014

"연필이오." 중학생 때부터 주식을 사고팔며 금융업으로 억만장자가 되는 꿈을 꾸어온 청년이 있습니다. 그는 인도에서 배낭여행을 하다 우연히 구걸하는 어린 소년의 소원을 듣고 삶의 방향을 바꾸게 됩니다. "사소한 결정은 머리로 내리고, 큰 결정은 가슴으로 내려라"라는 메시지로 '어떻게 살아야 할지' 고민하는 이들에게 큰 울림을 줄 것입니다. 이용주

『영화를 찍으며
생각한 것』

고레에다 히로카즈 지음,
이지수 옮김,
바다출판사, 2017

"의미 있는 죽음보다 의미 없는 풍성한 삶을 발견한
다." 사소한 일상 속에서 이야기를 발견하는 고레에다 히
로카즈 감독의 철학이 잘 담긴 문장이라 생각해요. 다큐
멘터리 제작사에 입사하여 연출로 일을 시작한 순간부터,
독립하여 영화를 만들고, 세계적인 거장이 되기까지, 끊
임없이 자문하며 답을 찾아가는 과정이 담겨 있는 책이랍
니다. 이유리

『운명이다』

노무현 지음,
돌베개,
2010

'미래의 꿈'을 키우는 데는 평전이나 자서전을 읽으며 남의 삶을 엿보는 것만큼 도움이 되는 게 없다고 생각합니다. 남의 삶을 엿보는 일은, 곧 남의 꿈을 엿보는 일이기도 한 탓이죠. 부림사건을 맡은 열혈 변호사 시절부터 대통령 취임, 탄핵 정국에 이르기까지, 누구보다도 치열한 한때를 살았던 인물의 생과 사, 꿈과 절망 등을 되짚어나가다 보면 내 꿈을 그리는 일에도 어느 정도 자신감이 생기지 않을까요. 이슬기

『유혹하는 글쓰기』

스티븐 킹 지음,
김진준 옮김,
김영사, 2017

원하는 꿈을 아직 찾지 못했다면, 자신이 누구인지 먼저 알아보는 것은 어떨까요? 하얀 종이를 꺼내 자신에 대해 적어보세요. 어릴 적 기억, 학교생활, 좋아했던 친구, 싫어하는 음식, 자주 갔던 장소 등등. 어랏, 아직 한 자도 적지 못하셨다고요? 이런이런…. 글쓰기가 익숙하지 않으시군요. 그럼 먼저 글 쓰는 방법부터 배워보면 어떨까요? 이만한 글쓰기 책이 없습니다. 물론 그냥 읽기만 한다고 써지는 건 아니겠지만, 일단 읽어보시죠. 그건 할 수 있잖아요. 김동국

『일』

스터즈 터클 지음,
노승영 옮김,
이매진, 2007

오래전 이 책을 읽고서, 제가 생각하는 '일'이란 얼마나 좁은 범주의 것이었는지에 대해 오래 생각했습니다. 이 책은 평범한 일상을 살아가는 미국인 133명이 하루 종일 무슨 일을 하는지, 자기 직업을 어떻게 생각하는지 취재한 기록입니다. 좀 두껍지만 그만큼 사례들이 다양한지라 이 책을 통해 다시금 나의 일을 생각해볼 수 있지 않을까 합니다. 임윤희

『청소년을 위한 진로인문학』

김경집 외 지음,
학교도서관저널,
2017

어른이 되면 무슨 일을 하며 살까? 무슨 일을 하며 살아야 인생이 즐거울까? 청소년이면 아침에 눈을 뜰 때마다 이런 생각을 할 겁니다. 그러나 진로를 결정한다는 건 쉬운 일이 아니죠. 단순히 일자리를 찾는 것만도 아니고요. 이 책은 어떻게 살아야 행복한가를 제시합니다. 물론 정해진 답은 없습니다. 다만 책에 나오는 여덟 명의 저자 모두 청소년들이 당당하게 살아갈 수 있도록 응원해 줍니다. 박상률

『회색 인간』

김동식 지음,
요다,
2017

　이 책의 저자는 중학교를 중퇴하고서 30대 중반이 될 때까지 공사장, PC방, 공장 등에서 일했습니다. 자신이 무엇을 좋아하는지도 몰랐고, 학교를 그만둔 것은 단순히 공부가 재미없어서였다고 해요. 그러나 그는 서른셋이 되었을 무렵 인터넷 게시판에 자신이 쓴 소설을 올리기 시작했고, 거기에 재미를 붙여 불과 3년 동안 500여 편의 소설을 쓰기에 이릅니다. 이 소설 같은 소설가의 소설을 읽어나가는 동안, 꿈을 두고 별로 조급해할 필요가 없음을 알게 될 것입니다. 김민섭

새로 시작할
용기가 필요해요

『고통은 나눌 수 있는가』

엄기호 지음,
나무연필,
2018

　　고통을 겪었다고 반드시 성장하거나 더 나은 사람이
되지는 않아요. 하지만 고통을 겪기 전의 나와 그 뒤의 내
가 완전히 다른 사람인 것만은 틀림없지요. 그 전으로 돌
아갈 수 없으니까요. 사회학자 엄기호는 고통을 완벽하게
설명할 수 있는 마법의 단어가 없을지라도 우리는 끊임없
이 고통에 대해 말해야 한다고 설명합니다. 소통할 수 없
는 그 '공통의 것'을 발견하는 순간, 우리는 비로소 서로 이
야기를 나누며 새로 시작할 수 있기 때문이라고요. 이유진

『곤잘레스 씨의 인생 정원』

클라우스 미코쉬 지음,
이지혜 옮김,
인디고, 2019

"우리 회사에는 자네가 필요 없네!" 하루아침에 해고를 당하고 실직자가 된다면 자칫 자신이 초라해 보이고 별 볼 일 없는 존재로 여겨질 수도 있습니다. 그 순간, "앞날을 걱정하는 것처럼 무의미한 일은 없어. 이 길로 가면 뭐가 나올까, 전전긍긍하는 것만큼 기운을 소진하는 일도 없거든" 하고 토닥이며 '진정한 행복'은 다른 곳에 있음을 깨닫게 해줄 지혜와 다시 시작할 용기를 전해주는 책입니다. 이용주

『노인과 바다』

어니스트 헤밍웨이 지음,
김욱동 옮김,
민음사, 2012

큰 결심을 앞두고 마음이 착잡하겠습니다. 미래에 대한 불안감은 오죽하겠습니까. 그런데 분명한 건 우리 모두가 그런 불안감을 겪으면서 앞으로 한 발씩 나아가고 있다는 사실입니다. 실패가 두려운 것이 아니라 실패가 무서워 한 발짝도 나가지 못하는 그 무기력이 두려운 것입니다. 헤밍웨이의 『노인과 바다』를 읽으면서 자기 안의 힘을 믿어보십시오. 박승민

『달리기를 말할 때 내가 하고 싶은 이야기』

무라카미 하루키 지음,
임홍빈 옮김,
문학사상사, 2009

포스트모던 문학에서 중요한 인물이자 세계적인 소설가 무라카미 하루키도 글을 쓰기 전에는 재즈클럽을 운영하는 평범한 자영업자였습니다. 서른세 살에 소설가로 데뷔하고 그와 동시에 달리기를 시작하여 30년째 계속하고 있죠. 리듬이 설정되기만 하면 그 뒤는 어떻게든 풀려나간다고 말하는 그는, 모든 일에 리듬을 단절하지 않는 게 중요하다고 이야기합니다. 무언가 시작을 앞두고 있다면 자기 안에 조용히, 확실하게 존재하는 것을 꺼내 동력을 만들어보세요. 이유리

『봉고차 월든』

켄 일구나스 지음,
구계원 옮김,
문학동네, 2015

3만 2천 달러에 이르는 학자금 대출만을 가지고 인문학과를 졸업한 주인공은 몹시 외롭고 막막합니다. 취업에도 실패하고, 결국 아르바이트를 통해 모든 빚을 갚고는, 다시는 빚을 지지 않겠다고 다짐하며 대학원에 입학하죠. 낡은 봉고차를 구입해 거기에서 생활하며 반드시 졸업할 것을 다짐합니다. 누구나 그처럼 불안하고 막막해요. 그러나 '인사이트'라는 것은 누군가가 밀어 넣어주는 것이 아닙니다. 한 시대를 살아내면서 직접 얻어내야만 하고, 그것은 한 개인으로서 성장하는 일이죠. 김민섭

『산골 마을 아이들』

임길택 지음,
창비,
1998

　　멧골짝 아이들은 두멧자락 작은 학교에서 교과서로만 배우지 않습니다. 두메학교 교사는 아이들한테 문득문득 책을 덮고서 꿈을 들려줍니다. 의젓한 멧골지기가 될 수도, 서울로 가서 뜻을 펼 수도, 수수하게 흙지기가 될 수도 있는 숱한 꿈을 함께 이야기하며 웃으려고 합니다. 새끼 새는 둥지를 떠나는 첫걸음이 두려울 수 있지만, 곁에서 지켜보며 함께 날갯짓하는 눈빛을 바라보며 기운을 북돋우는 이웃이 있어 힘이 납니다. 최종규

『스무 살에 알았더라면 좋았을 것들』

티나 실리그 지음,
이수경 옮김,
웅진지식하우스, 2020

저자는 2년만 더 있으면 대학에 가는 아들을 위해, 세상과 부딪히는 과정에서 반드시 알아야 한다고 생각되는 것들을 하나하나 적어놓기 시작합니다. 특히 다양한 사례를 통해 강조하는 것은 다음과 같죠. 첫째, 주위를 둘러보면 찾을 수 있는 기회와 가능성은 무궁무진하다는 것. 둘째, 문제를 너무 고정되고 협소한 시각으로 바라보지 말라는 것! 이영미

『아이슬란드가 아니었다면』

강은경 지음,
어떤책,
2017

쉰세 살의 여성. '반백수 소설가 지망생'으로 지내던 어느 날, 꿈을 이룰 가능성이 없다는 것을 인정하고 실패자라 여겼을 때 그는 아이슬란드로 떠났습니다. 그로 말하자면 길 위의 능력자, 능숙한 히치하이커였죠. 씩씩한 기세가 있었고, 아직 체력도 있었습니다. 자신 있게 나섰지만 쉼 없이 몰아닥치는 위기에 휘청거립니다. 척박한 땅 위를 걸으며 그는 중얼거리죠. "페타 레다스트(잘될 거야)!" 실패를 찬양한다는 나라 아이슬란드의 절대적인 고독과 고요 속에서, 심장이 터질 듯한 고통 속에서 그는 뜨거운 인생의 한가운데를 지났습니다. 이유진

『원전으로 읽는 그리스 신화』

아폴로도로스 지음,
천병희 옮김,
숲, 2004

    무엇이든 불안한 20대. 앞날은 보이지 않고, 아직 펼쳐지지 않은 세상이 훨씬 더 많다고 이야기해주는 사람도 없습니다. 『원전으로 읽는 그리스 신화』의 이카로스는 밀랍으로 만든 날개를 달고 하늘을 납니다. 아버지의 주의에도 불구하고 태양을 향해 날아오른 이카로스. 무모해 보일지는 모르지만, 그것이 20대의 특권 아닐까요. 지금 다시 시작해보세요. 장동석

『이 폐허를 응시하라』

리베카 솔닛 지음,
정해영 옮김,
펜타그램, 2012

　　재난으로 인해 아무것도 없는 곳에서 다시 시작해야
할 때 사람들이 어떻게 자신을 내어놓고 서로를 도우려
하는지 역사 속의 생생한 통계 자료와 기록 들을 파헤쳐
살아 있는 목소리로 전달합니다. 혼자 살아가는 것이 아
니라 옆에 누군가 있다고, 함께 살아간다고, 그러니 흔들
릴 때나 어려울 때, 아무것도 가진 것이 없다고 절망할 때
함께 살아가는 사람들에 기대어 멀리 나가보자고 응원해
줍니다. 안정희

『인생의 발견』

시어도어 젤딘 지음,
문희경 옮김,
어크로스, 2016

"우리 삶을 가치 있고 위대하게 만드는 28가지 질문"
이라는 부제가 좋습니다. 새로운 시작의 시점에 무엇보다
도 필요한 것은 좋은 질문이 아닐까요. 그런 질문에 대한
저자의 답을 따라가다 보니, 내 삶이 조금 더 나아지는
길을 찾을 수 있겠다는 생각이 들었습니다. 용기란 바로
그렇게 만들어지는 게 아닐까요. 임윤희

『잃어버린 시간을 찾아서』

마르셀 프루스트 지음,
김희영 옮김,
민음사, 2012~2019

학생이나 신입 사원을 대상으로 한 극기 훈련이 유행했던 적이 있습니다. 정신력을 단련한다는 이유였지요. 『잃어버린 시간을 찾아서』는 바로 독서판 극기 훈련입니다. 전 세계의 수많은 이들이 그 유명세 덕에 읽기를 시도했지만, 줄줄이 실패를 경험한 책이기도 하지요. 이 책을 끝까지 읽어내는 사람이라면 인생에서 어떤 도전을 맞이하더라도 겁날 것이 없을 겁니다. 아는 척하는 친구, 직장 상사, 후배 들 앞에서 "난 그 책 다 읽었는데"라고 말하는 짜릿한 순간을 상상해보십시오. 실패해도 아무도 비난하지 않고, 성공하면 엄청난 성취감을 가질 수 있는 책! 도전해볼 만한 가치가 있지 않습니까. 김동국

『청춘은 길어도 아프지 않다』

다치바나 다카시 외 지음,
양영철 옮김,
말글빛냄, 2011

'어쩌다 어른.' 우리는 미래에 대한 아무런 준비 없이 어른이 되었다는 이유로 세상에 나섭니다. 스펙을 쌓고 가방끈을 늘이며 만반의 준비를 갖추고 나선다 해도 크게 달라질 건 없죠. 그러므로 필요 이상으로 실패를 두려워할 필요도 좌절할 이유도 없습니다. 성공한 거장 16인의 청춘 시절 이야기를 통해 그 이유를 들어보세요. 이용주

『퇴사하겠습니다』

이나가키 에미코 지음,
김미형 옮김,
엘리, 2017

　직장 분위기 좋기로 소문난 아사히신문사의 기자 일을 그만두고, 작은 집에서 혼자 미니멀리스트로 살고 있는 사람이 있습니다. 삶에 변화를 주고 싶어 충동적으로 머리카락을 뽀글뽀글 볶은 직후, 인생에 대한 생각이 바뀌기 시작했다고 해요. 퇴사 뒤 물론 사는 게 쉽지야 않았다지만요. "꼭 말해두고 싶은 게 있습니다. 그것은 '생각보다 어떻게든 된다'는 것입니다." 이유진

『흑산』

김훈 지음,
학고재,
2011

대학 졸업하고 백수 2년차에 서울살이를 접고 낙향했습니다. 자존감이 바닥으로 떨어지던 시절에 만난 김훈 작가의 소설『흑산』에는 18세기 말과 19세기 초 조선 사회의 전통과 충돌해 박해받는 지식인들이 나왔습니다. 유배지에서도 바다를 들여다보며 물고기 백과사전을 만드는 삶, 곤경에 처해서도 할 수 있는 걸 할 수 있는 방식으로 하는 삶에 크게 감화받았고 함께 용기를 냈습니다. 이슬기

『20대, 컨셉력에 목숨 걸어라』

한기호 지음,
다산초당,
2009

    단군 이래 최대의 '스펙'을 갖추고 대학을 나선 젊은이들 대부분이 백수나 비정규직이 되는 게 현실입니다. 이러한 시대의 젊은이들은 어디에 기대야 할까요? 저자는 이러한 시대일수록 '컨셉력'을 길러야 한다고 말합니다. 그러면 컨셉력은 어떻게 기르는 걸까요? 일단 책을 읽고 글을 쓰는 일을 시작해야 자기 생존에 맞는 컨셉력을 기를 수 있다고 합니다. 어떠한 불안감도 자신만의 컨셉력이 있으면 해소할 수 있다고 저자는 말하죠. 지금 시대는 옷에서부터 음식에 이르기까지 컨셉 아닌 것이 없대요. 거기서 한발 더 나아갑니다. "모든 컨셉을 한 문장으로 요약할 수 있어야 한다!" 박상률

나를 변화시키고
싶어요

『그리스인 조르바』

니코스 카잔차키스 지음,
이윤기 옮김,
열린책들, 2009

저는 '현재의 나'를 받아들이고 대체로 만족하지만, '더 나은 나'에 대한 열망도 품고 살아갑니다. 마음처럼 쉽진 않겠지만, 더 나은 삶에 대한 대가를 치를 의지도 있습니다. 저에게 절실한 가치는 '행동하는 용기'입니다. 무엇이 용기를 불어넣는가? 제 삶의 진보를 위한 중요한 물음입니다. 시행착오를 겪으며 몇 가지 답변을 찾기도 했죠. 제게는 오디션 프로그램이나 『그리스인 조르바』라는 책이 행동을 부추깁니다. 제 변화의 조력자들인 셈입니다. 자신의 변화를 위해 무엇이 필요한지 몰라도 괜찮습니다. 지성의 전당인 도서관에는 상황을 불문하고 도움을 주는 책들이 존재하고, '나는 할 수 있다'는 믿음이야말로 가장 중요하니까요. 연지원

『나는 왜
이 일을 하는가?』

사이먼 사이넥 지음,
이영민 옮김,
타임비즈, 2013

'어떤 일을 하며 살 것인가?'를 고민하기 전에 일에 대한 근본적인 물음이 필요합니다. 바로 나는 지금 '왜' 이 일을 하는가를 묻는 것이죠. 이는 '무엇을' 할 것인가, '어떻게' 할 것인가보다 더 중요합니다. 우리를 가슴 뛰게 하고, 많은 이들이 영감을 품게 하는 핵심 질문이기 때문이에요. 일과 인생, 미래에 대한 고민에서 빠져 있던 중요한 퍼즐 한 조각을 발견하게 될 것입니다. 이용주

『나목』

박완서 지음,
세계사,
2012

아주 오래된 소설인 박완서의 『나목』을 권합니다. 나를 잃고 내가 누군지도 모르겠고 어떻게 살아야 할지도 모르던 시기, 여주인공은 미군부대 구석에서 묵묵하게 자신의 그림을 그리는 이를 만납니다. 작가 박완서가 한국전쟁 후 미군부대에서 만난 화가 박수근을 떠올리며 쓴 소설인데요. 자존감이 무엇인지, 어떻게 해야 회복할 수 있는지를 엿볼 수 있습니다. 안정희

『남아 있는 나날』

가즈오 이시구로 지음,
송은경 옮김,
민음사, 2010

'위대한 집사'가 되기 위해 30년 넘게 영국 귀족을 모신 스티븐스가 인생의 황혼 녘에 비로소 깨달은 삶의 가치에 대해 내밀하게 그려낸 소설이에요. 직업에 대한 사명감과 자부심이 아집과 독단으로 비춰지고, 정작 소중한 것들을 놓치고서야 잘못된 신념이라고 깨닫게 되었을 때, 인간의 내면은 어떻게 변화하는지를 보여주죠. 이유리

『대화에 대하여』

시어도어 젤딘 지음,
문희경 옮김,
어크로스, 2019

　　하지현 교수는 『소통, 생각의 흐름』(해냄)에서 "내가 더 나은 인생을 살아간다고 믿는 자존감을 유지하려면 세상과 사람들과의 관계를 통해 힘을 얻어야 하고, 그러기 위해서는 소통을 다시 익히고 배워야 한다"고 말했습니다. 『대화에 대하여』는 가치 있는 대화란 무엇인지 이야기하며, 타인과의 소통을 통해 진정한 나를 알아가는 대화의 방법을 소개합니다. 진정한 '대화'가 어떻게 나 자신을, 그리고 세상을 바꿀 수 있는지에 관한 이야기죠. 한기호

『데미안』

헤르만 헤세 지음,
안인희 옮김,
문학동네, 2013

주인공인 싱클레어는 평범한 소년입니다. 그는 데미안이라는 친구를 만나고부터 자신을 둘러싸고 있던 어떤 껍데기를 인식하고 그것을 깨뜨리고 나오게 됩니다. 모두에게 자신을 둘러싸고 있는 세계가 있습니다. 그것은 언어이기도 하고 구조이기도 하고 사람들이기도 하죠. 거기에서 나올 때, 비로소 자기 자신과 만날 수 있습니다. 김민섭

『마녀체력』

이영미 지음,
남해의봄날,
2018

30대 중반부터 고혈압 약을 먹었고, 책상에 한번 앉으면 일어날 줄 모르던 저질 체력의 중년 편집자. 마흔 살 넘어 운동을 시작하여 인생의 반전을 일으키며 철인3종 대회에 나가는 강철 체력이 되었습니다. 체력 하나 변했을 뿐인데 인생의 많은 것들이 달라진 놀라운 비법을 전수합니다. 또한 강한 체력에 강한 정신력과 자존감이 깃든다는 것을 많은 사례를 통해 설파합니다. 이영미

『바람과 함께 사라지다』

마거릿 미첼 지음,
안정효 옮김,
열린책들, 2010

세상을 바꾸는 것보다 나 자신을 바꾸는 것이 더 빠르다는 말이 있습니다. 그만큼 다양한 개성의 집합체인 사회생활이 만만치 않다는 말이겠죠. 그런 점에서 자신을 바꾸려는 의지가 있다는 것은 발전의 여지가 많다는 의미입니다. 더불어 하루하루 달라지지 않는 존재라면 그 존재는 전진이 아니라 후퇴하는 삶을 살겠죠. 온몸을 바쳐 가족을 사랑한 여자, 타라 농장을 지키면서 꿋꿋하게 수많은 역경을 헤쳐나간 스칼렛 오하라가 주인공인 『바람과 함께 사라지다』를 권합니다. 박승민

『보노보노처럼 살다니 다행이야』

김신회 지음,
놀,
2017

캐릭터를 앞세운 에세이는 시시하다는 편견은 거둬주세요. '젠체하지 않고' 수줍지만 성실하게 살아가는 보노보노의 면모를 새롭게 발견하게 하는 책입니다. "꿈 없어도 살 수 있는 게 어른"이라는 말과 함께 상처 입은 내 자존감을 다스리기에 좋습니다. 이슬기

『비둘기』

파트리크 쥐스킨트 지음,
유혜자 옮김,
열린책들, 1994

예상치 못한 사건으로 일상이 뒤흔들린 한 남자의 이야기예요. 견고하게 다진 나만의 안전장치가 쉽게 무너지고 한없이 초라해질 수 있다는 것을, 즉 인간이 얼마나 취약한 존재인지 작가는 말하고 있죠. 세상을 향한 불신을 이겨내려면 어떤 용기가 필요한지, 세상을 향해 나오는 방법을 깨닫게 해주는 책이랍니다. 이유리

『우리도 크면
농부가 되겠지』

이오덕 엮음,
양철북,
2018

바꿀 수 없으면 바꾸지 마세요. 마음에 대고 "바꾸려 해보는데 도무지 안 되네. 좀 도와주렴" 하고 얘기해요. 가난한 멧골에서 태어나 '앞으로 흙지기가 될 삶'을 살던 옛날 어린이의 손끝에서 피어난 글을 돌아보노라면, '바꿔야 할 것'이란 언제나 생각 하나이네, 싶습니다. 흙지기는 흙을 바꾸지 않고 흙을 포근히 돌봅니다. 우리도 스스로 돌보는 손길이라면 바꾸고픈 대로 어느새 바뀌어요.

최종규

『월든』

헨리 데이비드 소로 지음,
강승영 옮김,
은행나무, 2011

삶을 바꾸고 싶다면 급진적이어야 합니다. 소로는 문명사회를 떠나 월든 호숫가에 손수 오두막집을 짓고 2년 동안 홀로 살았습니다. 그곳에서 최소한의 비용으로 삶을 건사하며 자연과 교감했죠. 삶을 바꾸고 싶다고 모두 이렇게 할 수는 없습니다. 그래도 마음 한구석에는 이런 마음을 품고 있어야 해요. 언젠가 급진적으로 내 삶을 바꾸고 싶을 때, 한 손에 『월든』이 들려 있으면 유용할 겁니다.

장동석

『일단, 오늘 1시간만 공부해봅시다』

양승진 지음,
메멘토,
2019

사람은 변신 로봇처럼 순식간에 바뀌지 않습니다. 그렇지만 지금과 달라지는 꿈을 꾸는 것을 멈춰선 안 돼요. 기막힌 행운이 따르지 않는 한 그런 꿈을 꾸는 사람에게는 뒤늦게 '변신'이 찾아옵니다. 그 뒤늦은 변신을 위해 우리가 해야 할 것은 꾸준한 노력일 터. 이 책에는 그 꾸준함을 유지하는 방법에 대한 사려 깊은 조언이 가득합니다. 임윤희

『자존감 수업』

윤홍균 지음,
심플라이프,
2016

저자는 자존감 유지를 자전거 타기에 비유합니다. 쉴 새 없이 페달을 밟아야 넘어지지 않아요. 그렇다고 아예 넘어지지 않는 경우는 없습니다. 넘어지지 않고 오래 타는 법, 넘어지더라도 상처 입지 않는 법을 배워야 한다는 거죠. 그러기 위해 착용해야 할 보호 장비도 필요해요. 자존감을 잘 타는 방법을 배우고 나면 어떤 관계든 즐길 수 있을 겁니다. 강창래

『자존감은 어떻게
시작되는가』

에이미 커디 지음,
이경식 옮김,
RHK, 2017

원제는 'Presence프레즌스'인데요, 저자에 따르면 자신의 진정한 생각, 느낌, 가치, 잠재력이 발현되는 심리 상태를 말합니다. 존재감, 자신감, 유능감이 발현되는 순간인 동시에 가장 자기다워지고 가장 강인해지는 상태입니다. 책은 프레즌스에 이르는 실제적인 방법을 제안합니다. 이미 이뤄진 것처럼 행동하는 것이 어떻게 자기 변화를 돕는지, 몸의 자세가 얼마나 중요한지, 어떻게 자기를 신뢰할 수 있는지, 마음속 감정에 진솔하려면 어떻게 해야 하는지 등을 재밌는 사례와 연구 결과로 탐색하는 책입니다. 어깨와 허리를 편 채로 이 책의 주장에 귀 기울인 시간은 저의 자존감을 은근히 다져주었습니다. 연지원

『자존감이
바닥일 때 보는 책』

너새니얼 브랜든 지음,
노지양 옮김,
프시케의숲, 2018

　　『자존감의 여섯 기둥』(교양인)을 통해 '자존감' 분야의 권위자로 부상한 저자가 여성에 집중해서 쓴 책입니다. 자신에게 중요한 것은 자신에 대해 판단하는 것이 아니라 나를 충분히 의식하고 감정을 허락하며 놔두는 것이라고 합니다. 적절한 거리 두기, 화를 표현하는 법, 불안함 다루기 등 매일매일 조금씩 해나갈 수 있는 일상 연습법도 포함돼 있어요. 이유진

『절제의 기술』

스벤 브링크만 지음,
강경이 옮김,
다산초당, 2020

우리는 "이만하면 충분하다"라는 말이 가능하지 않은 세상에 살고 있습니다. 자고 일어나면 저만치 가고 있는 세상에서 혼자만 멈춰 있을 재간이 없지요. 저자 스벤 브링크만은 "뒤처짐의 두려움을 이기는 만족의 미덕"을 가지라고 말합니다. 기쁜 마음으로 뒤처지고, 일상을 반복할 수 있는 용기가 필요하다고 강조합니다. 과연 우리에게 그런 용기가 있을까요? 전은경

『지킬 박사와 하이드 씨』

로버트 루이스 스티븐슨 지음, 조영학 옮김, 열린책들, 2011

누구나 자기 자신의 못 견디게 싫은 부분이 있습니다. 이제까지의 자기 모습이 마음에 들지 않나요? 자신의 모습을 바꾸고 싶으신가요? 제목은 들어봤지만 다 읽어본 사람은 의외로 드물다는 『지킬 박사와 하이드 씨』를 통해 나 자신을 바꾸면 어떻게 되는지 살펴봅시다. 김동국

Q06

가족과 좋은 관계를
유지하고 싶어요

『가족의 두 얼굴』

최광현 지음,
부키,
2012

우리를 힘들게 하는 건 생면부지의 사람들이 아니라 우리와 가까운 사람들입니다. 내 삶을 존재하게 했던 가족이 가장 큰 절망을 안기기도 합니다. 『가족의 두 얼굴』은 가장 가까운 관계이면서도 상처를 주고받는 가족의 양면성을 다룹니다. 상처를 주고받는 가족의 실상을 읽으면서 눈물을 흘리게도 하고, 행복한 가족의 모습을 읽으면서 희망을 품게도 하는 책입니다. 내면아이를 돌아보라는 저자의 제안에 고개를 갸웃거리는 사람들도 가족의 양면성을 받아들이는 것이 문제 해결의 출발점이라는 주장에는 동의하지 않을까 싶네요. 가족과의 관계가 배우자나 인생길의 선택에 영향을 미칠 수도 있음을 감안한다면, 자기 가족에 대한 이해는 가족 사랑의 실천이자 중요한 인생 공부입니다. 연지원

『그 많던 싱아는 누가 다 먹었을까』

박완서 지음,
웅진지식하우스,
2005

박완서 선생이 본인의 경험만을 써 내려간 '자전적 이야기'입니다. 교육열이 높은 어머니의 손에 이끌려 서울 산동네로 이사한 소녀가 겪은 문화 충격은 실로 컸습니다. 남다른 교육열과 억척스러운 삶의 태도를 가진 어머니를 이해하기까지는 오랜 시간이 필요했죠. 일제강점기, 한국전쟁 등을 배경으로 하고 있는데요. 타인을 이해하고자 하는 작가의 치열한 탐구가 돋보이는 작품입니다. 장동석

『나는 겨우 자식이 되어간다』

임희정 지음,
수오서재,
2019

담담하게 부모의 삶을 써 내려간 저자의 글을 읽으면, 부모의 고단함을 이해하는 자식의 모습에 진한 감동이 밀려옵니다. 한편으로 수없이 감내하며 다스렸을 어린 마음이 헤아려져 눈물짓게 되고요. 특히 켈트족의 기도문을 인용하여 아버지의 안온함을 바라는 딸의 마음을 담은 부분은, 아버지를 향한 이 세상 딸들의 사랑을 대변해주는 것 같았어요. 진솔하고 애정 어린 저자의 고백이 수많은 부모와 자식의 삶을 위로하리라 생각해요. 이유리

『두 번째 페미니스트』

서한영교 지음,
아르테,
2019

　서한영교 작가는 페미니즘이란 억압받는 대상, 즉 작고 사소한 것들을 돌보고 사랑하는 것이라 말해요. 그 사랑의 중심엔 평생을 함께하고 싶은 애인이 있죠. 녹내장으로 시력을 잃어가는 그녀 곁에서 나침반이 돼주고픈 한 사람의 순정은 사랑의 진정성을 생각하게 해요. 아이의 탄생으로 매 순간이 경이롭지만 육아라는 새로운 세계를 배워나가며 맞닥뜨리는 크고 작은 도전들, 그 안에서 "살아가는 태도"를 보여주는 그의 가치관이 더욱 빛이 나는 책이에요. 이유리

『딸에 대하여』

김혜진 지음,
민음사,
2017

작가 김혜진은 『딸에 대하여』를 쓰면서 "다른 누군가를 이해하는 일은 불가능하다고 생각했다"라고 고백합니다. 늘 실패로 끝나는 시도만 있다고도 말합니다. 어떤 부모는 자녀에게 아무 기대도 없다고 말하지만, 그 외침은 '기대에 미치지 못한 너를 내가 더 이상 기다릴 수 없다'로 해석해야 하지 않을까요. 엄마가 그려놓은 딸을 떠나보내기가 그렇게나 힘드니 말입니다. 『딸에 대하여』는 엄마와 딸의 이해 불가능함을 보여주며, 이해하려고 노력하고 있다는 눈빛도 함께 전합니다. 전은경

『떠나는 자와 남는 자의 마지막 수업』

앤더슨 쿠퍼·
글로리아 밴더빌트 지음,
이경식 옮김,
세종서적, 2016

달은 매일 밤 변하지만, 사실 우리가 볼 수 있는 것은 마주하고 있는 한 면뿐입니다. 가족도 마찬가지일 겁니다. 우리는 한 인간이 아닌 어머니, 아버지, 아들, 딸로서의 그들만 볼 수 있기 때문입니다. 여기 어머니와 아들이 나눈 긴 대화가 있습니다. 아주 늦었지만, 너무 늦지는 않게 그들은 서로의 이야기를 나눌 수 있었습니다. 우리도 그럴 수 있을까요? 늦었지만, 아마 너무 늦지는 않았을 겁니다. 김동국

『로야』

다이앤 리 지음,
나무옆의자,
2019

　　가장 중요한 가족 문제로 고민하는 사람들이 많습니다. 가깝다는 이유로 무심코 던진 한마디가 오히려 상처가 되는 경우가 다반사입니다. 사업 실패로 술만 마시면 엄마를 폭행하던 아빠, 그 폭력 속에서도 자신의 목적지를 놓치지 않고 살아온 한 여자의 이야기. 자신의 딸에게만은 그런 상처를 물려주지 않겠다는 '강한 모성애'를 다룬 2019년 '세계문학상' 대상작인 다이앤 리의 『로야』를 통해 가족의 의미를 되물어보세요. 박승민

『마흔 이후, 누구와 살 것인가』

캐런 외 지음,
안진희 옮김,
심플라이프, 2014

세 명의 저자가 10년 동안 함께 살면서 쓴 공동 주거 리얼 체험담입니다. 함께 오랫동안 잘 살아가기 위해 공동 협약서를 작성하고 노동력을 분배하며 심리적·정서적 차이와 갈등 등을 어떻게 해결할 것인가를 궁리해 조정과 합의를 이루며 삽니다. 커뮤니케이션, 인간관계의 거리 유지, 가치 공유 등의 방법을 기록한 이 책은, 특히 가족이기 때문에 함께 좋은 관계로 살아가려면 합의와 규칙이 필요함을 알려줍니다. 안정희

『멀고도 가까운』

리베카 솔닛 지음,
김현우 옮김,
반비, 2016

힘들고 어렵고 괴로운 가족의 문제는 남에게 털어놓기 쉽지 않습니다. 아닌 말로 그 힘든 대상이 죽어야 그나마 슬쩍 타인에게 이야기할 수 있을지도 모릅니다. 리베카 솔닛에게 그런 가족은 치매에 걸린 어머니였던 것 같아요. 돌아가신 어머니와의 일들을 그려낸 이 우아한 에세이를 읽으면서 저는 가족의 괴로움을 들여다볼 힘을 얻었습니다. 좋은 가족 관계란 바로 그 들여다봄에서 시작되는 게 아닐까요. 임윤희

『아니야,
우리가 미안하다』

천종호 지음,
우리학교,
2013

흔히 문제 아이 뒤에는 문제 부모가 있다고 합니다. 예외가 있긴 하지만 고개가 끄덕여지는 말이죠. 비행을 저지른 아이들의 재판을 주로 하는 '소년부 판사' 천종호의 고백을 들어보면 더욱 실감납니다. 그는 소년 재판을 할 때 늘 느낍니다. 사과해야 할 사람은 아이들이 아니라 어른들이라고요. 아이들이 죽고 싶을 만큼 힘들어할 때 손을 못 내밀어준 어른들이 더 문제라고…. 안정된 가정이 있으면 아이들도 비행을 저지르지 않을 것이라는 게 느껴지는 책입니다. 박상률

『아버지께
드리는 편지』

프란츠 카프카 지음,
정초일 옮김,
은행나무, 2015

가족과 좋은 관계를 유지하기란 어려운 일이죠. 느슨하기 힘든 공동체이기 때문입니다. 그것은 '느슨한 연결'이라는 시대상을 역행하고서라도 어떻게든 모두를 포섭하고, 결국은 '좋은 관계'로 귀결되게 만듭니다. 프란츠 카프카라는 거장도 아버지에게 편지를 썼어요. 별로 좋은 관계처럼 보이지는 않지만요. 모두에게 가족이라는 존재는 그만큼 긴장감을 줍니다. 김민섭

『언니, 나랑 결혼할래요?』

김규진 지음,
위즈덤하우스,
2020

'노빠꾸' 오픈리 레즈비언의 우당탕탕 결혼 스토리. 커밍아웃의 순간부터 부모님께 '결혼하겠노라' 선언하는 순간까지. 이 책은 그 자체로 화목한 가족 관계를 그린다기보다 관계를 좋게 만들기 위해 끊임없이 노력하는 사람의 이야기입니다. 각종 환난 속에서도 꿋꿋하고 밝은 저자의 에너지에 힘입는 책입니다. 우리도 노오력해봅시다, 가족!

이슬기

『엄마는 딸의 인생을 지배한다』

사이토 다마키 지음,
김재원 옮김,
꿈꾼문고, 2017

'여성'의 내면보다 '엄마'와 '딸'의 내면은 더욱 복잡한 것인지도 모릅니다. 상호 의존과 갈등, 사랑과 저주, 지배와 반발, 구속과 탈주. 여자로 살아본 엄마는 아들보다 딸의 인생에 더 간섭하고 딸의 인생을 지배해도 괜찮다는 착각에 빠지기 쉽다는데요. 이 '병증'의 원인은 과연 무엇인지, 알게 되면 괴로움이 덜할 겁니다. 이유진

『완벽한 가족』

로드리고 무뇨스 아비아
지음, 남진희 옮김,
다림, 2010

"가족이니까." 이 말은 받아들이는 입장에 따라 가족의 삶을 전진하게 하는 돛이 되기도 하고, 서로의 삶을 발목 잡는 덫이 되기도 합니다. 너무 완벽해서 서로가 불편해진 한 가족의 이야기를 통해 역설적으로 '완벽하지 않을 때 더 행복할 수 있음'을 보여줍니다. 실수와 잘못을 감싸주고 서로의 부족함을 채우며 가족이 서로의 삶을 진전시키는 돛이 되는 과정을 그렸습니다. 이용주

『은빛 숟가락』

오자와 마리 지음,
노미영 옮김,
삼양출판사, 2012~2020

또 툭탁거리더라도 같이 밥 한 끼니를 지어 마주 보고 앉아서 먹어봐요. 뜬금없는 말이라도 한마디 꺼내봐요. 우리는 더 맛난 밥이 아닌 '함께 짓는' 밥을 먹을 일이고, 더 재미난 말이 아닌 '살아가는 말'을 나누면 됩니다. 수수하게 차리든 눈부시게 차리든 대수롭지 않아요. 더듬더듬 말하든 조잘조잘 말하든 모두 사랑스럽습니다. 작게 거드는 손길에서 새롭게 잇는 마음이 자랍니다. 최종규

『이상한 정상가족』

김희경 지음,
동아시아,
2017

가족주의와 정상가족 이데올로기는 자연스러운 것이 아닙니다. 무조건적이고 지나친 의무감이 가족 관계도 망가뜨리고 가족 구성원을 괴롭히기도 하잖아요. 저자는 오랜 기자 생활과 '세이브더칠드런'에서 활동가로 살아오면서 수집한 많은 사례를 통해 그런 모습을 설득력 있게 보여줍니다. 가족은 자율적 개인으로 구성된 열린 공동체가 되어야 한다는 겁니다. 강창래

『즐거운 나의 집』

공지영 지음,
해냄,
2019

부모의 이혼으로 엄마 없는 공백을 견디며 예민한 사춘기를 보내온 열여덟 살 위녕. 각각 아빠가 다른 두 남동생, 그리고 베스트셀러 작가이자 늘 제멋대로인 엄마와 한 지붕 밑에서 살게 됩니다. 자신의 상처와 절망을 보듬어주는 것은 결국 가족뿐입니다. 아무리 상처투성이라도 서로 다름을 인정하며 포용한다면 든든한 가족이 될 수 있다는 것을 깨달아가죠. 이영미

『페인트』

이희영 지음,
창비,
2019

정부가 부모 없는 아이들을 직접 관리하는 미래 이야기입니다. 재미있는 것은 청소년이 부모를 선택하는 설정이에요. 면접을 보고 점수를 매겨 어떤 사람이 좋은 부모가 될지 판단하는 거죠. 이렇게 역전된 이야기를 통해 가족 관계를 다시 생각해보게 만듭니다. 이런 기발한 상상에 '청소년심사단'은 극찬을 보냈어요. 2018년 '창비청소년문학상'을 받은 작품입니다. 강창래

Q07 | 부부 문제, 고부간의 갈등으로
힘들어요

『그분이라면 생각해볼게요』

유병숙 지음,
특별한서재,
2019

시어머니가 며느리를 "언니"라고 부릅니다. 시어머니를 돌보는 며느리에겐 매번 되풀이되는 일이지만, 치매에 걸린 시어머니에겐 모든 게 처음 일어난 일입니다. 시어머니를 씻겨 곱게 단장해드리자 시어머니가 물어요. "언니, 나 시집 보내려우?" "멋진 할아버지 구해드려요?" "싫어. 혹시 내 신랑이라면 모를까…. 그분이라면 생각해볼게요." 현재는 사라졌지만 완고하게 저장된 옛 기억을 안고 살아가는 시어머니와 그녀의 언니가 된 며느리의 이야기를 통해, 시어머니와 며느리의 관계를 새롭게 정의해보는 건 어떨까요. 박상률

『낭만적 연애와
그 후의 일상』

알랭 드 보통 지음,
김한영 옮김,
은행나무, 2016

"생활이 된 사랑은 어떻게 지속되는가"에 대해 쓴 철학자 알랭 드 보통의 소설입니다. 아이들을 낳고 키우는 과정, 집안일과 각자가 해야 할 역할, 남편의 외도와 비밀, 그리고 부부 상담까지 이어집니다. 사랑은 단순한 열정을 넘어 기술이라는 점, 우리에게 가장 적합한 파트너는 지혜롭고 흔쾌하게 취향의 차이를 놓고 협의할 수 있는 사람이라는 것을 얘기합니다. 이영미

『며느라기』

수신지 지음,
굴프레스,
2018

웃으며 들어가서 울상이 돼 나오기 쉬운 집, 시집. 사춘기나 갱년기처럼 한국 여자가 결혼 직후 겪게 된다는 특정한 시기, '며느라기'. 누구는 1, 2년 만에 끝낸다지만 누구는 10년 넘게 걸리기도 하고 안 끝나기도 한다는 그 시기. 며느라기 졸업 뒤에도 숱한 딱지가 앉기 십상인 그 시간과 쓸쓸한 처지에 대한 이야기를 담은 만화책입니다. 공감 확률 100퍼센트! 이유진

『별빛유랑단의 반짝반짝 별자리 캠핑』

별빛유랑단 지음,
창비,
2017

코 골며 자는 남편만 보면 '450 스플래쉬'를 꽂아버리고 싶나요? 소파에 앉아 똥배 위로 과자를 흘리는 모습을 보면, 뭘 저리 ×먹고 있나 싶으신가요? 어쩌다 이렇게 사랑이 식었을까요. 우리 부부도 멋지고 로맨틱했는데 말이죠. 아마 너무 지쳐서 그런 건 아닐까요. 이럴 때 가출이라도 해보세요. 혼자 말고 부부 동반으로요. 텐트 앞에서 멍하니 불도 좀 보고, 보다 지치면 고개를 들어 별도 좀 보고요. 그렇게 별을 보고 있으면, '아, 세상이 참 아름답구나' 하는 생각이 들 겁니다. 그럼 내 옆의 오징어도 조금은 더 봐줄 만하지 않을까요. 김동국

『사과가
가르쳐준 것』

기무라 아키노리 지음,
최성현 옮김,
김영사, 2010

곁님이 농약 두드러기가 있는 걸 느낀 기무라 아키노리는 '능금밭에 농약 안 쓰기'를 아홉 해째 하며 모든 이웃이 떨어져 나갔대요. 가시아버지는 이녁을 끝까지 믿어주다가 숨을 거두고, 이녁은 마침내 이젠 그만두겠다며 스스로 죽으려고 멧골에 들어갔는데, 사람 손길 안 탄 까무잡잡 싱그러운 숲흙을 새삼스레 보고는 드디어 길을 찾았다지요. 믿는 마음이란 무엇일까 하고 돌아봅니다. 최종규

『사랑의 기술』

에리히 프롬 지음,
황문수 옮김,
문예출판사, 2019

그들이 내가 아닌 이상, 모든 관계는 서먹하게 마련입니다. 프롬이 말합니다. "신앙과도 같은 사랑을 갖기 위해서는 부단한 자기 노력이 필요하다"고요. 우리에게 그 부단한 자기 노력이 있었는가 돌아보아야 합니다. 스스로만 돌아보지 말아요. 아내는 남편에게, 남편은 아내에게, 혹은 나와 관계 맺는 모든 사람들에게 "사랑을 갖기 위한 부단한 자기 노력" 중에 있는가 생각해보아요. 장동석

『살아 있는 날의 시작』

박완서 지음,
세계사,
2012

사람은 관계 속에서 존재하죠. 그 관계 중 가장 소중한 관계가 가족 관계입니다. 그러나 부부나 고부간은 서로의 개성이 확립된 후에 만나는 사회적 관계이기 때문에 충돌 가능성이 높고, 서로를 이해하는 데 오랜 노력이 필요합니다. 역지사지, 내가 원하는 만큼 상대도 원하는 것이 있다는 전제를 늘 생각해야 합니다. 작품에서 한국 사회의 부부 문제, 고부간의 갈등을 주로 다뤄온 박완서 작가의 『살아 있는 날의 시작』은 당신의 아픈 마음을 다독여주면서 문제 해결의 실마리를 제공할 것입니다. 박승민

『상처 없이 사랑하고 싶다』

배르벨 바르데츠키 지음,
박규호 옮김,
21세기북스, 2015

『따귀 맞은 영혼』(궁리)이라는 유명한 책을 아시나요? 그 책의 저자가 상처받지 않고 사랑하는 방법에 대해 자세하게 알려줍니다. 30년 넘게 상처받은 사람들을 상담하며 관계의 심리학에 집중해온 저자의 설명을 따라가보세요. 수많은 상담 사례를 통한 분석을 읽다 보면 마음의 안개가 걷힐 겁니다. 사랑하지만 서로에게 상처를 주는 연인이나 부부를 위한 심리 처방전입니다. 강창래

『서재 결혼 시키기』

앤 패디먼 지음,
정영목 옮김,
지호, 2002

사랑이 결혼으로 이어졌겠지만, 사랑만으로는 유지되지 않는 게 결혼 아닐까요. 책벌레 남녀가 만나 결혼을 했습니다. 이들의 서재 통합 프로젝트는 이제까지 각자의 삶을 살아온 이들이 하나 되는 게 얼마나 흥미진진하면서도 지난한 일인지를 여실히 보여줍니다. 임윤희

『싸울 때마다
투명해진다』

은유 지음,
서해문집,
2016

작가 은유가 우리 사회에서 엄마, 아내, 딸, 노동하는 여성 등 수많은 존재로 살아가면서 벌인 고독하고 지독한 분투를 기록한 책입니다. 일, 연애, 결혼, 출산, 육아 등에 존재하는 편견과 차별, 외로움과 절망 등 여성의 삶 전반을 기피하지 않고 솔직하게 밝힙니다. 한 여성이 아닌, 한 인간으로서 저자의 삶에 깊이 공감하고 나면, 그 공감으로부터 갈등 해결의 실마리가 보일 것입니다. 한기호

『아주 긴 변명』

니시카와 미와 지음,
김난주 옮김,
무소의뿔, 2017

아무도 사랑하지 못하는 한 남자가 있습니다. 아내는 물론이고 자기 자신도요. 소설의 주인공 기누가사 사치오는 갑작스런 사고로 아내를 잃습니다. 그리고 조금씩 사랑하는 법을 알아갑니다. 작품 말미에 이어지는 사치오의 독백은 타인의 시선 속에 자신을 가두었던 이의 후회와 상실 극복의 불가함을 보여줍니다. 소중했던 사람조차 애도하지 못하는 남자의 '아주 긴 변명'을 함께 들어보면 어떨까요. 전은경

『인생의 베일』

서머싯 몸 지음,
황소연 옮김,
민음사, 2007

인간은 사랑을 갈구하고, 그 사랑을 지키기 위해 어리석은 선택을 하기도 합니다. 설령 그 선택이 자기 자신을 해치는 것일지라도 좀처럼 멈출 수가 없습니다. 하지만 생의 극한을 함께하면서 두 남녀는 서로의 어리석음까지 사랑하게 됩니다. 사랑하지 않으면 미워할 수도 없다는 아이러니를 알게 된 것이지요. 전은경

『조화로운 삶』

헬렌 니어링·
스콧 니어링 지음,
류시화 옮김, 보리, 2000

부부는 오직 세 가지 목표를 품고 대도시 뉴욕을 떠나 산업사회 이전 농촌 사회의 모습을 지닌 버몬트로 갑니다. 그들이 말한 세 가지는 독립된 경제를 꾸리고, 삶의 토대를 지킬 건강을 챙기고, 사회를 생각하며 바르게 사는 것이죠. 출세와 성공, 경제적인 풍요로움이 '잘' 사는 삶의 척도가 되어버린 현실 속에서 그들은 직접 땅을 일구고, 집을 지으며, 1년의 여섯 달은 먹기 위해 일하고 나머지 여섯 달은 자신을 위한 시간을 보내요. 단순하고 평온한 삶은 부부의 갈등을 최소화하고 만족도가 높은 생활로 이끌어요. 복잡하게 얽힌 도시를 떠나 부부가 선택한 삶에는 희망이 깃들어 있어요. 이유리

『환상의 빛』

미야모토 테루 지음,
송태욱 옮김,
바다출판사, 2014

'함께 살아가는 것은 무엇일까?'라는 질문이 마구 생겨날 때『환상의 빛』을 다시 꺼내 읽었습니다. 남편을 잃은 여인은, 아내를 잃고 아버지와 딸과 함께 살아가는 남자와 다시 결혼하여 새로운 가정을 꾸립니다. 그러나 갑자기 삶을 놓아버린 전남편의 죽음을 받아들이기가 쉽지 않습니다. 사랑해서 결혼했고 그 사이에 아이도 낳고 살았지만, 전남편은 살아 있는 동안 아내와 눈을 마주하지 않았습니다. 특히 꿈이나 소망 같은 것들을 말할 때 그의 왼쪽 눈은 오른쪽과 반대쪽으로 향했습니다. 함께 살았으나 마주 보지 못했음으로 그를 끝내 잃었습니다. 이 단편소설집에는 네 개의 이야기가 나오는데요. 상실과 이별에 얽힌 추억을 소재로 함께 살아가는 것이 무엇일까, 라는 것의 작은 실마리를 찾을 수 있습니다. 안정희

『82년생 김지영』

조남주 지음,
민음사,
2016

　　밀리언셀러 『82년생 김지영』입니다. 혹자는 식상하다
고 하겠지만, 유명한 데는 다 이유가 있죠. 일단 우리가 현
실에서 겪는 가부장제의 폐해, 부부 문제, 고부간 갈등이
총망라돼 있습니다. 가사 노동의 무게에 시달리다 친정엄
마로 빙의한 김지영의 사자후가 주는 카타르시스는 어떤
가요. 이 지난한 갈등의 짧은 요약본을 본다고 생각하고,
읽고 난 후 현실에 대처하는 건 어떨까 합니다. 이슬기

인간관계 때문에
상처받았어요

『검사내전』

김웅 지음,
부키,
2018

 현직 검사가 자신이 맡았던 여러 사건을 소재로 쓴 책입니다. 여기에서 주를 이루는 것은 '사기' 사건이에요. 정말이지 다양한 인간 군상을 볼 수 있습니다. 그에 따르면 인간관계에서 오는 배신은 검사도 피해 갈 수 없으니 정말이지 조심해야 한다는 것이죠. 웬만한 작가보다도 좋은 필력으로 써 내려간 글이라서, 한참 웃고 울면서 볼 수 있는 책입니다. 김민섭

『그러니까 당신도 살아』

오히라 미쓰요 지음,
김인경 옮김,
북하우스, 2010

살다 보면 자신도 모르는 사이에 깊은 마음의 상처를 입기도 합니다. 남들은 모두 행복해 보이는데 나만 불행하다는 생각에 마음의 갈피를 잡지 못하기도 하고요. 가까운 친구도 부모도 형제도 나를 이해해주지 못해서 내 마음은 더 섭섭하고 아픕니다. 그러나 모든 인간은 이런 우울감에 자주 빠집니다. 문제는 현명하게 이 어려운 시기를 헤쳐 나오는 것이겠지요. 늘 용기를 잃지 말고 내가 아프면 모두가 아프다는 생각으로 자신감을 갖기 바랍니다. 『그러니까 당신도 살아』가 도움이 될 것입니다. 박승민

『그 사랑 놓치지 마라』

이해인 지음,
마음산책,
2019

　『그 사랑 놓치지 마라』에는 이해인 수녀님의 시와 산문이 엮인 '시 편지' 44편이 수록되어 있어요. 넘치는 사랑과 정갈한 자기반성으로 수도자와 시인의 삶을 담아낸 저자의 시를 읽으면 마음이 평온해지더라고요. 특히, 나와 타인에 대해 전하는 메시지는 묵직하게 다가와 많은 생각을 하게 했어요. 우리가 서로를 이해할 수 있다는 희망이 생겼고요. "'판단은 보류하고 사랑은 빨리하라' 이 말은 함부로 평가하지 말라는 말이죠. 남을 탓하기 전에 자신을 보는 거예요."(「사랑으로 연결 지어질 나와 당신」) 이유리

『내가 모르는 것이
참 많다』

황현산 지음,
난다,
2019

　　인간관계에서 배신감을 느낄 때의 만병통치약은 '그럴
수 있어'라고 생각합니다. 상대의 행동이 엄청난 악의를
가진 것이 아니고서는 그를 원망하거나 나를 자학하기보
다는 너그러운 마음이 필요하다고요. 문학평론가였던 고故
황현산 선생의 트위터 모음집인 『내가 모르는 것이 참 많
다』는 세상을 보는 저자의 따뜻한 눈이 보배 같은 책입니
다. 세상의 보폭에 맞춰가는 노老 평론가의 자애로움. 배신
당한 마음엔 그런 게 필요할 것 같습니다. 이슬기

『다독임』

오은 지음,
난다,
2020

시인 오은의 산문집입니다. 그는 잊지 않고 메모한 단상을 책으로 엮으면서 "돌아볼 기회가 있었기에 나는 길 위에서 넘어지지 않을 수 있었다"라고 말합니다. 시간을 되돌아보고, 사람을 되돌아보고, 순간을 잊지 않고 되돌아보면서 스스로를 다독인 시인의 기록입니다. 눈에 보이지 않는 작은 시간들이 우리를 더 생생하게 만들어준다는 사실을 그는 알고 있었습니다. '이따금'이라서 더욱 소중한 순간을, '항상'이라서 지나치기 쉬운 순간을 꾹 눌러 쓰고 있었습니다. 전은경

『당신과 나 사이』

김혜남 지음,
메이븐,
2018

　　배신감이나 상실감은 대부분 먼 사람이 아니라 가까운 사람에게 느끼는 감정입니다. 그런 감정이 밀려들 때면, 저는 제가 그로부터 뒷걸음질 쳐도 괜찮은지 살피게 됩니다. 상대와 나 사이에서 관계의 '교통사고'가 일어날 것만 같을 때, 그때가 바로 사고가 나지 않을 '안전거리'를 고민해야 할 때죠. 이 책에는 그럴 때 펼쳐 보면 도움이 될 이야기가 많이 들어 있습니다. 임윤희

『당신이 옳다』

정혜신 지음,
해냄,
2018

정신과 의사 정혜신이 알려주는 '심리적 CPR(심폐소생술)'의 방법입니다. 사회적 재난 현장부터 일상의 순간까지, 고통받는 이들과 함께해온 저자가 '나'를 잃은 이들, 관계 문제에 시달리는 이들을 위해 치유의 말을 전합니다. 사람에게 상처받지만, 치유를 해주는 것도 사람이죠. 관계의 실패에 좌절하지 않고 다시 주변 사람과 삶의 고통을 함께 나누며 단단하게 살아갈 수 있도록 힘을 실어주는 책입니다. 한기호

『도어』

서보 머그더 지음,
김보국 옮김,
프시케의숲, 2019

에메렌츠와 주변 이들의 '관계'에 대해 이야기하는 작품입니다. 에메렌츠는 온 동네와 이웃들을 자기 방식대로 보살피지만 아무와도 소통하지 않습니다. 철저히 고립된 그녀의 공간은 누구의 출입도 허락되지 않습니다. 굳게 닫힌 문 안에는 무엇이 존재하고 있었을까요? 우리는 나의 문을 어디까지 허용하고 있나요? 건강한 관계에 대해 고민하고 있다면 헝가리 작가 서보 머그더의 '문'을 열어보세요. 전은경

『마음아, 넌 누구니』

박상미 지음,
한국경제신문,
2018

사람은 관계 속에서 삽니다. 그런데 내가 아닌 남과 맺은 관계 때문에 많은 일이 일어납니다. 회사에서의 인간관계, 남녀 사이에서 벌어진 사랑과 헤어짐에 따른 아픔, 친구 사이에서 일어나는 우정으로 덧씌워진 상처들…. 저자는 별일 없이 사는 것 같은 사람들에게 위로의 말을 건넵니다. 마음 근육을 튼튼히 하여 관계 속에서 자신을 잘 지키자고요! 박상률

『아직도
가야 할 길』

M. 스캇 펙 지음,
최미양 옮김,
율리시즈, 2011

삶이 고해임을 이해하고 성장을 추구하면서 사랑을 배워가는 것이야말로 인간관계의 어려움을 풀어가는 지름길이라 생각합니다. 좋은 차를 사고 집 평수를 늘리는 것만큼 마음을 넓히는 일에도 관심을 가져야 합니다. 이 책을 읽다 보니, 어른이 된다는 것이 무엇인지 생각하게 되더군요. '사랑', '훈육', '성장', '은총'이라는 묵직한 네 가지 주제를 깊이 있게 다루거든요. 나이를 먹으면서 '꼰대'가 아니라 진짜 어른이 되어간다면 인생살이가 조금은 덜 삐걱거리지 않을까요. 인간관계에서 벌어지는 온갖 문제도 덜 힘들게 받아들여질 테고요. 연지원

『이제껏 너를
친구라고 생각했는데』

성유미 지음,
인플루엔셜,
2019

우리는 갖가지 불편한 관계에 발목이 잡혀 있습니다. 인맥은 넓어야 한다는 압박감, 그저 오래되었다는 이유로, 혹시나 내가 나쁜 사람이 될까 봐, 오랜 시간 동안 지긋지긋한 관계에 갇혀 있어요. 그런 인간관계에 대한 해법과 처방을 담은 책입니다. 너무 사소해 보여서 누구에게도 말하지 못한 상처를 깨닫고, 인정하고, 스스로의 의지로 관계를 재정립할 수 있도록 이끌어줍니다. 이영미

『제인 에어와 여우, 그리고 나』

패니 브리트 글,
이자벨 아르스노 그림,
천미나 옮김,
책과콩나무, 2014

어린 소녀가 있습니다. 그녀의 이름은 헬레네입니다. 이 세상에서 가장 아름다운 이의 이름을 가졌지만, 현실은 그와 반대입니다. 친구들은 그녀를 따돌리고 괴롭힙니다. 그녀의 외모를 비난하고, 거짓말로 헐뜯습니다. 캠핑장에서 만난 여우조차 그녀를 버리고 떠납니다. 혼자가된 주인공 헬레네는 소설 『제인 에어』를 읽습니다. 제인에어는 과연 행복해질 수 있을까? 나처럼 불행한 채로 소설이 끝나지는 않을까? 당신도 헬레네에 대해 똑같은 질문을 던지게 될 것입니다. 헬레네는 과연 행복해질 수 있을까? 그의 마음을 알아줄 친구를 만날 수 있을까? 걱정마세요. 모든 일은 다 잘 이루어질 테니. 김동국

『진리의 발견』

마리아 포포바 지음,
지여울 옮김,
다른, 2020

　　예나 지금이나 흔들리지 않고 오는 변화는 없습니다. 천문학자 요하네스 케플러의 어머니는 터무니없이 마녀로 몰려 고초를 겪습니다. 어머니의 결백을 증명하려 고군분투한 아들은 어머니의 운명이 천공의 결정이 아닌 성별의 차이에서 비롯된 것임을 깨달아요. 미국의 천문학자 마리아 미첼, 저널리스트 마거릿 풀러, 시인 엘리자베스 배럿 브라우닝, 『침묵의 봄』을 쓴 레이철 카슨까지 "앞서 나간 (여)자들"은 진리를 발견했지만, 너무 앞서 나가 고난을 겪기도 했습니다. 진화론, 시민권, 동성 결혼까지 수없이 변화하는 질서의 재편 속에서 앞서 살아간 여성들의 이야기를 읽다 보면 지금 나의 고민은 어느덧 멀리 사라지고 맙니다. 이유진

『채링크로스 84번지』

헨렌 한프 지음,
이민아 옮김,
궁리, 2017

영국의 헌책방 거리로 유명한 채링크로스가의 서점 주인, 그리고 뉴욕의 한 가난한 작가가 20여 년 동안 책을 매개로 나눈 편지를 엮은 책입니다. 몸은 멀리 떨어져 있지만 '책'을 화두 삼아 나눠온 우정의 편지를 읽다 보면, 그래도 다시금 신뢰와 우정을 회복할 수 있다는 생각을 떠올려볼 수 있지 않을까요. 임윤희

『플랜더스의 개』

위다 지음,
노은정 옮김,
비룡소, 2004

　어머니, 아버지 없이 할아버지랑 늙은 개하고 가난하게 살아가는 네로는 아로아를 마음으로 아껴요. 아로아네 아버지가 아무리 괴롭혀도 돈에 휘둘리지 않을 뿐 아니라, 더 깊은 사랑으로 아로아네 아버지를 맞이하지요. 저이는 워낙 나쁘기에 우리를 괴롭힐까요? 저이는 처음부터 못된 마음을 품고 우리를 등쳤을까요? 어쩌면 우리는 우리 마음보다 바깥쪽을 너무 쳐다보지는 않았을까요? 네로는 손길이 늘 빛났습니다. 최종규

『HQ 해리 허쿼버트 사건의 진실』

조엘 디케르 지음,
윤진 옮김,
문학동네, 2013

위대한 소설을 향한 비밀과 진실, 반전과 트릭의 절묘한 조화가 돋보이는 소설인 『HQ 해리 허쿼버트 사건의 진실』을 권합니다. 살인 사건의 용의자로 체포된 스승을 구하려고 달려든 제자가 맞닥뜨리는 뜻밖의 진실 속에 진정한 친구와 스승과 배신자와 동료가 누구인가라는 의문과 그에 대한 적절한 답이 저절로 떠오릅니다. 안정희

이별이
너무 아파요

『너무 한낮의 연애』

김금희 지음,
문학동네,
2016

안정된 미래를 위해 매진하는 현실적인 필용과 오늘의 삶에 충실한 양희. 작가는 두 사람의 간극을 보여주며 관계의 의미에 대해 질문합니다. 무심한 듯 솔직한 양희는 세속적인 욕망으로 가득했던 필용에게 깊이 자리합니다. 그리고 바닥까지 내몰린 순간 그녀의 존재는 커다란 위로가 되어 다가오죠. 양희와 필용은 서로에게 '있지 않음'으로 침전되어 있었습니다. 드러내고 확인하는 관계를 넘어 관조와 응시로 일관한 양희의 사랑법이 필용을 변화하게 만듭니다. 함께한 시간이 길지 않고, 기억될 만한 애틋한 추억이 많지 않아도 서로에게 깊이 담겨질 수 있음을 보여주는 작품입니다. 전은경

『닉 혼비의 노래(들)』

닉 혼비 지음,
조동섭 옮김,
Media2.0, 2011

당신은 이 세상에서 가장 힘든 시간을 보내고 있군요. 이별의 상처를 위로할 수 있는 건 역시나 흐르는 시간이겠죠. 진부하지만 별 수 없습니다. 그래도 마음을 빼앗길 음악이 있다면, 그 시간이 조금은 견딜 만할지도 모릅니다. 오래된 플레이리스트를 잠시만 미뤄두고, 새로운 플레이리스트를 만들어보세요. 루퍼스 웨인라이트의 〈원 맨 가이One Man Guy〉나 잭슨 브라운의 〈레이트 포 더 스카이Late for the Sky〉 같은 곡들로요. 결국은 그 모든 고통을 겪어낼 수밖에 없겠지만, 그 시간이 오래지 않길 바랄 뿐입니다.

김동국

『당신의 그림자가
울고 있다』

로버트 A. 존슨 지음,
고혜경 옮김,
에코의서재, 2007

　　사랑은 타인과 가장 깊숙이 내밀한 관계를 맺는 것입니다. 그런 사랑이 사그라들었을 때, 상대방을 탓하고 나를 탓하고 세상을 탓하곤 했습니다. 뼈아픈 이별의 교훈이 있다면, 그것은 상대방이 아닌 나 자신에 대한 발견 아닐까요. 이 책과 함께 못나고 약해빠진 자신의 한구석을 가만히 들여다보면, 상대방을 조금은 이해하게 될지도 모릅니다. 임윤희

『막다른 골목의 추억』

요시모토 바나나 지음,
김난주 옮김,
민음사, 2012

사랑하는 연인들의 이야기를 따뜻하고 부드럽게 그려 낸 요시모토 바나나의 단편소설집입니다. 매우 현대적인 연애 이야기인데, 가슴 적시는 사랑과 그리움이 있어요. 짝사랑하는 여성이 주인공인 이야기도 있고, 새로이 여자가 생긴 약혼자와 이별하고 다시 일어서기 위해 시작한 짧은 여행 이야기도 있습니다. 잔잔한 감동이 사랑의 상처를 어루만져줄 겁니다. 강창래

『사람을 미워하는 가장 다정한 방식』

문보영 지음,
쌤앤파커스,
2019

등단 1년 만에 '김수영문학상'을 수상한 문보영 작가의 첫 산문집입니다. 20대라는 시간을 건너는 동안 시인이 겪은 아픔과 슬픔을 솔직하게 써 내려간 성장의 기록이죠. 시인의 내밀한 상처의 기록을 보고 있자면, 그 상처가 예술이 되고, 아름답게 느껴지기도 합니다. 이 책을 통해 당신의 상처도 아름답게 볼 수 있는 시선을 배울 수 있을 것입니다. 한기호

『사랑에는
사랑이 없다』

김소연 지음,
문학과지성사,
2019

　　김소연 시인의 섬세한 시선과 온기를 품은 분석이 사랑의 가치에 대해 다시금 생각해보게 하는 책이에요. 열렬히 사랑했던 사람과의 이별로 상실감이 회복되지 않는다면 이 책을 펼쳐 보세요. 사랑을 하나의 개념에 고정시키지 않고 유동성과 다양성을 인정하려는 시인의 태도는 사랑에 대한 관점을 넓혀줄 거예요. "사랑의 적들은 사랑의 반대편에 있지 않고 사랑의 내부에 매복해 있다는 것도 알아채야 했다." 이유리

『사랑은 혈투』

바스티앙 비베스 지음,
그레고리 림펜스·
이혜정 옮김,
미메시스, 2011

사랑을 하고 헤어지는 건 흔한 일이라고 치부하다가도 정작 자신의 문제가 되면 상황은 달라집니다. 함께했던 시간과 장소, 음악을 들으며 속삭이던 수많은 사랑의 밀어, 문득 밀려오는 서러운 감정. 그런 순간들을 간결한 그림과 대사로 표현한 책장을 넘기다 보면 어느새 평온한 감정을 되찾고 위로받으며 편안해진 자신과 마주하게 됩니다. 이용주

『사랑의 잔상들』

장혜령 지음,
문학동네,
2018

　순식간에 나를 뒤흔들고 떠나버리는 빛들, 작가는 그 빛들을 '사랑의 잔상들'로 여기며 10년간 모은 사랑의 장면들을 이미지화하여 이어 붙이는 작업을 해요. 그 사랑에는 '유한성'이라는 속성이 있어 소멸하기도 하지만 언제든 생성할 수 있죠. 사랑이란 결국 자기 안에 머무르는 감정이라 할지라도 끊임없이 사랑하기를 바랍니다. 쌓여가는 시간만큼 성숙해진 자신을 발견할 거예요. 이유리

『생쥐와 고래』

윌리엄 스타이그 지음,
이상경 옮김,
다산기획, 1994

　나는 너하고 가까이 있으니 날마다 보고, 나는 너하고 멀리 떨어졌으니 마음으로 봅니다. 뭍에서 사는 생쥐하고 바다에서 사는 고래는 둘도 없는 동무가 될 수 있어요. 왜 어떻게 온누리에 둘도 없는 동무가 될까요? 겉모습을 따지지 않을 뿐 아니라, 아예 안 보거든요. 살면서 딱 두 자리에서 만난 생쥐하고 고래이지만, 속으로 흐르는 참사랑이 있기에, 헤어져야 하는 기나긴 날이 슬프지 않습니다. 최종규

『세계의 끝 여자친구』

김연수 지음,
문학동네,
2009

　"별다른 이유 없이 사랑을 시작할 때까지만 해도 이 세상에서 내가 이해하지 못할 일은 하나도 없는 것 같았는데, 막상 별다른 이유 없이 헤어지고 나니 왜 지구는 자전 따위를 해서 밤이라는 걸 만들어 나를 뜬눈으로 누워 있게 만드는지조차 이해할 수 없었다."『세계의 끝 여자친구』의 수록작「달로 간 코미디언」에 나오는 말입니다. 지구의 자전조차 힘든 당신에게 바칩니다. 이슬기

『어제보다
오늘 더 사랑해』

김민기 지음,
팩토리나인,
2018

사랑의 정체를 이해하기 위해서는, 우선 사람은 변하는 존재라는 점을 이해할 필요가 있습니다. 내가 변하는 만큼, 원하는 만큼, 상대도 순간순간 변하는 존재이고 내게 원하는 것이 있다는 걸 알아야겠죠. 사랑은 멈춰 있는 돌이 아니라 움직이고 있는 바퀴라는 점에서 늘 상호간의 노력이 필요한 '협업' 같은 것이죠. 더 이상의 실패를 막기 위해서라도 성공한 사랑을 배울 필요가 있습니다. 개그우먼 홍윤화와 개그맨 김민기의 사랑 이야기를 다룬 『어제보다 오늘 더 사랑해』를 권합니다. 박승민

『옷소매 붉은 끝동』

강미강 지음,
청어람,
2017

　책으로 이별의 상처가 아물 수 있는지는 모르겠습니다. 책을 읽다 이야기 속의 등장인물과 같이 울고 웃으며 잠깐 다른 시간을 보낼 수는 있을 것 같아요. 조선의 왕 정조의 유일한 사랑이라 불리는 '의빈'의 이야기를 픽션으로 엮은 『옷소매 붉은 끝동』을 권합니다. 서너 시간이면 다른 이의 애절하고 가슴 아픈 사랑에 내 사랑을 잠시 잊을 수 있습니다. 안정희

『유미의 세포들』

이동건 지음,
위즈덤하우스,
2019

이별은 언제나 아픕니다. 깊은 상실감과 배신감에 슬프고 눈물도 납니다. 그러나 '잘' 이별하는 것이 무엇보다도 중요하죠. 왜 헤어지게 되었는지, 이별을 대하는 자세는 어떠해야 할지, 깊이 고민해야만 합니다. 그래야 다음에는 조금 더 나은 연애를 하고 잘 이별할 수 있기 때문이에요. 『유미의 세포들』의 주인공은 누구보다도 예쁘게 연애하고, 조금씩 잘 이별하는 법도 배워갑니다. 언제나 중요한 것은 자기 자신의 삶이에요. 계속 살아가야 하기에 힘을 내야만 합니다. 김민섭

『인생은 뜨겁게』

버트런드 러셀 지음,
송은경 옮김,
사회평론, 2014

　위대한 철학자 버트런드 러셀은 '사랑'이 인생의 첫 번째 이유라고 강조합니다. 희열을 가져다주고, 외로움을 덜어주며, 성인들과 시인들이 그려온 천국의 모습을 우리에게 알려주기 때문입니다. 헤어져서 아직도 아픈가요? 큰 위로가 되지는 않겠지만, "성인들과 시인들이 그려온 천국의 모습"을 함께 그려갈 새로운 사람을 기다려보는 것은 어떨까요? 버트런드 러셀과 함께. 장동석

『좋은 이별』

김형경 지음,
사람풍경,
2012

'사랑은 어떻게 시작해야 하는가'에 대한 질문만큼, 내가 관계 맺었던 많은 대상과 사랑의 마침표를 잘 찍는 '잘 이별하기' 역시 삶의 중요한 화두입니다. 이 책은 저자의 심리 치료 경험과 정신분석에 관한 지식을 바탕으로 이별의 아픔을 겪고 있는 사람들의 마음을 치료해줍니다. 잘 이별하는 것이란, 혼란스럽고 부정적인 감정을 잘 처리하는 애도의 시간을 갖는다는 말입니다. 이영미

『표준적 이상』

오드 피코 지음,
송민주 옮김,
길찾기, 2019

사랑하고 결혼을 하고, 아이를 갖고, 가정을 꾸리며 살아가는 게 그렇게 평범한 일만은 아닌 세상입니다. "그럼 왜 다들 커플이 되려고 난리인 건데?"라는 질문에서 시작해 "더 이상 그렇게 살고 싶지 않아요"라는 결말로 사랑과 연애, 갈등의 과정을 담담하게 보여줍니다. 최선을 다해 사랑했지만 아픔을 겪고 있는 이들에게 지난 시간을 복기하며 약간의 거리 두기를 제안합니다. 이용주

좋아하는 사람에게
고백해도 될까요?

『러버스 키스』

요시다 아키미 지음,
이정원 옮김,
애니북스, 2017

　　여섯 청춘 남녀의 사랑 이야기입니다. 엇갈리기만 하는 사랑이지만 그들이 사랑의 결실을 맺든, 맺지 못하든 사랑은 그 자체로 충분히 '아름답다'는 메시지를 전합니다. 결국 상대를 생각하는 마음만 있다면 누구나 '사랑하는 사람'이 될 수 있다고 넌지시 말을 건넵니다. 책장을 덮는 순간 좋아하는 사람에게 용기 내어 고백하는 당신을 만날 수 있기를 바랍니다. 이용주

『새벽 세시,
바람이 부나요?』

다니엘 글라타우어 지음,
김라합 옮김,
문학동네, 2008

웹디자이너 에미가 정기 구독 해지를 부탁하며 한 잡지사에 이메일을 보냅니다. 그런데 주소가 잘못된 탓에 언어심리학 교수인 레오가 그 이메일을 받게 되죠. 낯모르는 사람에게 다가가고, 사랑을 느끼며 고백하는 과정이 이메일로만 표현된 소설이에요. 품위와 자존심을 지키면서도 서로를 잃고 싶어 하지 않는 연인의 마음이 시종일관 유머러스하게 펼쳐집니다. 이영미

『아빠는 전업 주부』

키르스텐 보이에 지음,
박양규 옮김,
비룡소, 2006

좋아하는 사람하고 앞으로 쉰 해쯤 어떻게 살고 싶은
지 생각한 적 있나요? 좋아하는 사람하고 보금자리를 새
로 지으면 '어떻게 밥옷집 살림을 꾸리'고 '아이를 돌볼'는
지 생각해보았나요? '미래 설계' 이야기를 해봐요. 스스로
어떻게 삶을 짓고 싶다는 꿈을 그리고, 이 '살림꿈'을 먼
저 털어놓아봐요. 굳이 고백을 안 해도 되니, '살림꿈'이
사랑으로 있는 줄 드러내봐요. 최종규

『연애의 책』

유진목 지음,
삼인,
2016

"나와 당신이 하나의 문장이었으면 나는 당신과 하나
의 문장에서 살고 싶습니다"(「당신, 이라는 문장」). 유진목
시인의 시는 세상에서 포획한 사랑의 요소들을 삶에 면
밀히 밀어 넣어 뜨겁게 사랑을 피워내요. 애틋함 속에 속
박하지 않는 자유로움이 있고, 상대를 잃을까 두려워하지
않고 정확하게 사랑을 드러내죠. 연필심이 번지도록 밑줄
치며 여러 번 읽다 보니 어떤 시는 눈물샘을 괴롭히고, 어
떤 시는 설렘에 밤잠을 못 이루게 되더라고요. 사랑을 하
는 모든 사람들이 이 시집을 읽어보면 좋겠어요. 이유리

『오만과 편견』

제인 오스틴 지음,
윤지관·전승희 옮김,
민음사, 2003

첫사랑은 실패한다는 말이 있습니다. 그건 확률적으로도 맞을 수 있는 말인데요. 그만큼 자기표현과 상대방의 마음을 읽는 것에 서툴기 때문일 겁니다. 그러나 마음에 드는 사람은 이 세상에 잘 나타나지 않습니다. 그 사람이 나타났다는 건 일생에서 최고의 행운이 당신에게 왔다는 뜻입니다. 제인 오스틴의 『오만과 편견』이 당신에게 격정적인 사랑을 고백할 용기를 줄 것입니다. 박승민

『제주에 혼자 살고 술은 약해요』

이원하 지음,
문학동네,
2020

제주에 혼자 살고 술은 약하며, 자신의 사랑 앞에 발칙하리만치 솔직한 화자가 나오는 시집입니다. "나에게 바짝 다가오세요", "나의 정체는 끝이 없어요"라는 천진한 당당함 앞에서는 나도 모르게 무장해제 되고 맙니다. 그 기운을 받아 용기를 내보세요. 그 문장을 그대로 인용해보아도 좋고요. 이슬기

『친애하는 미스터 최』

사노 요코·최정호 지음,
요시카와 나기 옮김,
남해의봄날, 2019

죽을 때까지 솔직하고 활기차며 판에 박히지 않게 살았던 사노 요코의 서간집입니다. 한국인 최정호 교수와 40년 동안 나눈 필담이지요. 감정에 충실하고 할 말을 다 하면서도 상대를 지지하고, 끝까지 관심을 잃지 않는 태도! 이런 관계와 관심이라면 반드시 연인이 아니라도 좋을 터. 용기를 내도, 내지 않아도 괜찮아요. 이유진

『피너츠 완전판』

찰스 M. 슐츠 지음,
신소희 옮김,
북스토리, 2015

"너하고 나, 우리 두 사람에게 공통점이 있는 거 알아?"『발자크와 바느질하는 중국소녀』(다이 시지에, 현대문학)라는 소설에서 청년 뭐는 마음에 드는 소녀에게 이렇게 말합니다. 그리고 그녀의 발 옆에 자신의 발을 나란히 놓습니다. 둘 다 두 번째 발가락이 더 길었죠. 소녀는 순간 둘 사이의 운명적인 무언가를 느꼈을 겁니다. 나중에야 두 번째 발가락이 더 긴 사람이 둘 말고도 많다는 걸 알게 되지만 무슨 상관이겠어요, 사랑은 이미 시작되었는데…. 무슨 이야기냐고요? "피너츠 좋아하세요?"라고 물어보란 말이에요. 그게 그럴듯한 시작이 될지 누가 알겠어요. 김동국

『한계령을 위한 연가』

문정희 지음,
주리 그림,
바우솔, 2017

문정희 시인의 「한계령을 위한 연가」라는 시에 주리 작가가 그림을 그린 『한계령을 위한 연가』를 읽어보면 좋겠습니다. 망설이는 사이 우리들의 시간은 계속 흘러갈 것이고, 어쩌면 돌담 길 저쪽 끝과 이쪽 끝에 서로 서 있다 끝날 수도 있습니다. 이 그림책처럼 무척 쓸쓸한 일일 테지요. 안정희

Q11

사회에서 만난 사람들과
잘 지내고 싶어요

『가만한 나날』

김세희 지음,
민음사,
2019

인생의 '첫' 순간들은 우리에게 어떻게 기억될까요? 용기와 패기로 점철되었던 처음과 다르게 현실이라는 커다란 벽에 부딪혀 하나씩 기대감을 내려놓을 때, 우린 어떻게 대처해야 했던 걸까요? 연애, 취직, 결혼에 대한 여덟 편의 단편소설로 구성된 이 책은 사회생활에 첫발을 내딛은 사회 초년생의 미숙하고 방황하는 마음이 진솔하게 담겨 있어요. 살며 수없이 겪었던 엉킨 관계들과 뒤섞인 마음에 대하여 보여주고 있죠. 이유리

『관계가 풀리는 태도의 힘』

사토 야마토 지음,
김윤경 옮김,
한국경제신문, 2019

직장 생활에서 가장 힘든 문제라는 인간관계. 저자는 태도를 통해 인간관계에 접근합니다. 인간관계란 결국 태도에서 결정되며, 태도를 조금만 바꿔도 큰 힘 들이지 않고 편하게 유지할 수 있다고 말해요. 불필요한 갈등을 만들지 않으면서, 좋은 인상을 남기는 30가지 태도의 기술을 배울 수 있습니다. 한기호

『나는 전설이다』

리처드 매드슨 지음,
조영학 옮김,
황금가지, 2005

"집이란 잠자는 곳/ 직장이란 전쟁터/ 회색빛의 빌딩
들/ 회색빛의 하늘과 회색 얼굴의 사람들" 넥스트 〈도시
인〉의 가사입니다. 온라인 탑골공원 좀 다녀본 사람들은
다들 아는 노래죠. 직장은 전쟁터입니다. 좀비처럼 밀려드
는 업무와 빌런들로부터 어떻게 살아남을지 고민이라고
요? 『나는 전설이다』를 읽어보세요. 좀비들 틈에서 살아
남는 법을 알려드립니다. 당신도 회사의 전설이 될 수 있
습니다! 김동국

『나를 지키며
일하는 법』

강상중 지음,
노수경 옮김,
사계절출판사, 2017

일도 잘하면서 사람들과도 잘 협력하고 그러면서 나도 성장할 수 있는 곳이 회사라면 얼마나 좋을까요. 안타깝게도 그렇게 일하는 것이 쉽지 않은 세상입니다. 하지만 건강한 시민으로서, 사람들이 그런 욕망을 버리지 않았으면 좋겠습니다. 그런 이들에게 성큼 손에 쥐여주고 싶은 책입니다. 임윤희

『내일도 출근하는 딸에게』

유인경 지음,
위즈덤하우스,
2014

30년간 '경향신문'에서 기자로 일해온 저자가 오랜 직장 생활 노하우를 담아 딸에게 들려주는 책입니다. 월요일부터 금요일까지, 회사 생활이 힘들 때마다 펼쳐 보는 엄마의 진심 어린 다이어리인 셈입니다. 거창한 직장 생활 성공법을 가르쳐준다기보다, 가장 필요하지만 상사에게 물어보기에는 애매한, 사소한 태도에 대한 것들을 담았습니다. 이영미

『답이 보이지 않는 상황을 견디는 힘』

하하키기 호세이 지음,
황세정 옮김,
끌레마, 2018

회사란 능률과 경쟁이 중심인 조직이죠. 거기에 개인의 감정까지 개입되면 아주 복잡한 양상을 띠면서 하루하루 피를 말리는 일상이 되겠죠. 우선 나와 그들과의 문제가 개인적 감정 문제인지 아니면 업무 문제인지를 곰곰이 따져보는 것이 좋을 것 같네요. 원인이 무엇이냐에 따라 처방이 달라질 수 있으니까요. 그러나 무조건 참는 시대는 이미 지났다고 생각합니다. 당당하게 자신의 권리를 주장하는 것도 한 방법이라고 생각합니다. 그런 의미에서 『답이 보이지 않는 상황을 견디는 힘』을 권합니다. 박승민

『무례한 사람에게
웃으며 대처하는 법』

정문정 지음,
가나출판사,
2018

인간관계의 많은 문제는 '무례함'에서 옵니다. '무례'라는 것은 위계를 막론하고 개인과 개인이 지녀야 할 최소한의 예의를 지키지 않는다는 뜻이죠. 이 책은 무례한 사람에게는 그 무례함을 지적할 수 있어야 한다고 말하면서, 방법과 사례를 제시합니다. 누군가의 무례함에 상처받았다면 읽어보아야 할 책이에요. 김민섭

『실리콘밸리의 팀장들』

킴 스콧 지음,
박세연 옮김,
청림출판, 2019

8년 동안 구글에서 직원 700명을 관리하고, 애플대학교로 건너가 관리자 교육 과정을 개발한 킴 스콧이 조직에서의 새로운 소통 방식을 소개하는 책입니다. 조직원과의 원활한 관계는 물론이고 팀이 성과를 올릴 수 있게 돕는 소통 전략을 담았어요. 아이디어는 물론, 실무 지침도 단계별로 설명하고 있습니다. 한기호

『일의 기쁨과 슬픔』

장류진 지음,
창비,
2019

"직장 생활에 관한 하이퍼리얼리즘"이라는 찬사를 들은 소설집입니다. 월급 대신 신용카드 포인트를 지급한 스타트업 괴담 등 직장 생활에 대한 '맵단짠'이 다 들어가 있는 책이에요. 그럼에도 불구하고 일에는 '기쁨'도 있고 '슬픔'도 있다고 작가는 말하는데요. 꽉 막힌 도로 위 같은 직장 생활에서 그래도 '기쁨'이 뭔지를 찾는 데 이 소설집이 도움이 되지 않을까 합니다. 이슬기

『출근길의 주문』

이다혜 지음,
한겨레출판,
2019

'내가 여자라 이런 취급을 받는 건가?' 일하는 여성이라면 한 번쯤 해봤을 법한 생각이죠. 여성 노동자가 일하면서 맞닥뜨리는 문제와 해법을 다룬 책이에요. 이다혜 작가가 20여 년 동안 직장 생활을 하며 겪은 일과 취재한 이야기를 종합해서 세심하게 조언합니다. 소중한 나의 일을 계속하고 사회에서 만난 사람들과 잘 지내기 위해 해야 할 일, 가려들어야 할 말, 내 말을 끝까지 하는 법, 그리고 분노하는 법까지요. 이유진

『파우스트』

요한 볼프강 폰 괴테 지음.
정서웅 옮김,
민음사, 1999

인생 최고의 쾌락을 추구하기 위해 악마와 거래한 파우스트. 쾌락의 늪에서 빠져나와 고귀한 자아를 찾으려 애쓰지만 번번이 실패하는 주인공 파우스트. 우리와 같지 않나요? 더 고귀한 것을 찾고자 사람들을 탐색하지만, 인간 누구에게 그 고귀함이 있을까요? 패배주의라고요? 아닙니다. 그럼에도 불구하고 우리는 우리가 몸담은 바로 그곳에서, 특히 모든 인간관계 속에서 파우스트처럼 "고귀한 자아를 찾기 위해" 애써야 합니다. 장동석

『편의점 인간』

무라타 사야카 지음,
김석희 옮김,
살림, 2016

　　작가는 18년 동안 편의점에서 일하며 글을 썼습니다. 가지런히 진열된 편의점 물건들의 소리를 듣는 게이코는 '보통 인간'이 되기 위한 규격에 자신을 맞출 수 없어 '보통 인간'인 척합니다. 정해진 편의점의 매뉴얼대로 살아가는 것이 훨씬 편안하고 능숙합니다. 사람과는 관계를 맺지 않으므로 갈등도 상처도 없습니다. 물건이 없으면 채워 넣고 다른 자리에 놓인 물건은 제자리에 놓고 누가 와도 "어서 오세요"라고 똑같은 목소리로 맞이합니다. 그래서 스스로를 "편의점 인간"이라 부릅니다. 동시에 너희들은 누구니, 라고 묻습니다. 조직 안에서 너무나 다른 사람들이 함께 일을 하는데 어렵지 않고 술술 풀리면 그게 더 이상한 일 아닐까요. 안정희

Q12

아이를
잘 키우고 싶어요

『그림책으로 읽는 아이들 마음』

서천석 지음,
창비,
2015

누구나 내 아이를 특별한 존재로 잘 기르고 싶어 하죠. 그러나 마음만 앞설 뿐 막상 아이 앞에서는 모두가 '초보 운전자'라서 수많은 시행착오를 거듭합니다. 소아정신과 의사이자 육아정신과 분야의 전문가인 서천석 박사의 『그림책으로 읽는 아이들 마음』을 읽어보세요. 아이들이 느끼는 현실, 아이들의 변화무쌍한 마음을 잘 읽어내는 방법을 실감 나는 예를 통해 설명하고 있는데요. 이 책을 읽고 나면 내 아이를 더 잘 이해하게 되고 사랑하게 됩니다. 박승민

『나는 천천히
아빠가 되었다』

이규천 지음,
수오서재,
2018

아이를 잘 키우기 위해서는 그가 부모의 소유물이 아닌 하나의 개인이며 자아임을 우선 인정해야 합니다. 이 책은 '방목'을 이야기하고 있지만, 그것이 아이들을 무책임하게 방임한다는 의미는 아닙니다. 대신 자신을 찾는 길로 이끄는 방식을 정확히 제시하고 있습니다. 김민섭

『내일 쓰는 일기』

허은실 지음,
미디어창비,
2019

3월 1일 저물녘 제주로 출발하는 비행기에서 일기는 시작되죠. 제주살이는 자연이 간직한 묵직한 아름다움도 보여주지만, 제주의 아픈 역사와 현실적인 부분들도 외면하지 않고 마주하게 합니다. 그 안에서 사람과, 그리고 자연과 더불어 살아가는 삶을 딸에게 몸소 체험하게 하죠. 그윽한 녹색의 표지와 시인이 써 내려간 아름다운 문장들은 자녀를 키우는 부모의 마음에 따스한 온기를 채워 줘요. 이유리

『너에게
행복을 줄게』

강진이 지음,
수오서재,
2015

SNS를 통해 화제가 된 '엄마의 그림일기'. 아빠가 퇴근하면 까르르 웃으며 숨바꼭질하던 아이들이 자라면 중학교 교복을 나란히 입고 등교하는 시간이 옵니다. 꿈 많던 미대생이 엄마가 되어 아이들의 성장 과정을 글과 그림으로 담았습니다. 육아로 힘들어하는 부모들에게 아이들과 함께한 소소한 일상이 행복일 수 있음을 일깨웁니다. 이용주

『다시 아이를 키운다면』

박혜란 지음,
나무를심는사람들,
2019

가수 이적 엄마로 잘 알려진 여성학자가 칠순 할머니가 되어 또 한 번 육아 이야기를 썼습니다. 아이 키우는 즐거움을 온전히 누리지 못하는 젊은 부모들이 안쓰럽고 안타깝게 느껴졌던 거지요. 다시 아이를 키운다면 꼭 해보고 싶은 것과 변치 않는 육아 원칙을 정리했습니다. 자신의 미숙했던 경험담과 젊은 부모에게 주는 따뜻하고 애정 어린 충고를 통해 즐겁고 행복한 육아의 길로 안내합니다. 강창래

『리어 왕』

윌리엄 셰익스피어 지음,
최종철 옮김,
민음사, 2005

　　브리튼의 위대한 왕 리어는 세 딸의 사랑을 시험하는 것이 낙입니다. 첫째와 둘째는 갖은 감언이설을 쏟아내지만, 막내 코딜리아는 "자식으로서의 도리에 따라" 사랑할 뿐이라는 진실 한 자락만 펼쳐 보이죠. 권좌를 빼앗긴 리어는 첫째와 둘째에게 배신당하고, 주검이 된 막내와 재회합니다. 바로 결론입니다. 자녀들의 사랑을 시험하지 마세요. 그들은 스스로 할 수 있는 만큼 최선을 다해 누군가를 사랑하고 있습니다. 자꾸 물으면 말을 만들어낼 수밖에 없거든요. 장동석

『못 참는 아이
욱하는 부모』

오은영 지음,
코리아닷컴,
2016

부모와 아이가 함께 잘하기 어려운 감정 조절에 관한 내용이 담겨 있습니다. TV에 자주 등장하는 '육아 멘토'인 오은영 박사는 "부모의 감정 발달이 아이에게 이어질 수 있다"고 말합니다. 부모의 욱은 아이의 감정 발달을 방해하고, 자녀와의 관계를 망치며 아이의 문제 해결 능력도 떨어뜨린다는 것이죠. 생생한 사례와 임상 경험이 빛발하는 책입니다. 내 아이를 훈육하기 이전에 나를 들여다보는 책으로 추천합니다. 이슬기

『물고기는
알고 있다』

조너선 밸컴 지음,
양병찬 옮김,
에이도스, 2017

좋은 부모가 되기 위해서는 먼저 좋은 인간이 되어야 하겠지요. 그렇다면 좋은 인간이란 어떤 인간일까요? 어려운 질문입니다. 이럴 때 제가 중요하게 생각하는 것들이 있습니다. 우선 세상에 대한 편견에서 자유로울 것, 그리고 타인과 더불어 살 수 있을 것. 조금 욕심을 부려 그 타인의 존재를 물고기로까지 넓혀보면 어떨까요. 아이를 이해하는 것과 물고기를 이해하는 것은 어쩌면 아주 먼 이야기는 아니거든요. 농담 같은가요? 저는 지금 진지합니다. 김동국

『부모와
다른 아이들』

앤드루 솔로몬 지음,
고기탁 옮김,
열린책들, 2015

부모와 다른, 다를 수밖에 없는 아이들이 있는 300여 가족을 만나 4만 페이지가 넘는 분량의 인터뷰를 한 후 쓴 책입니다. "아이는 부모가 될 수 없지만 부모는 아이가 될 수 있다"라는 말이 오랫동안 가슴에 남아 있는데요. 그 무엇보다 상상력이 내 아이를 키우는 데 가장 필요한 덕목임을 깨닫게도 해주었습니다. 모두 저마다 다른 사람이지만 가족 안에서 그리고 보다 넓은 사회 안에서 차이를 헤쳐나가는 과정은 우리들 대다수의 문제라는 이야기를 하기도 합니다. 안정희

『양육가설』

주디스 리치 해리스 지음,
최수근 옮김,
이김, 2017

저자가 말하는 '양육가설'이란, 부모의 양육 방식이 아이의 미래를 결정한다는 우리 문화 속 믿음을 뜻합니다. 저자의 주장은 발칙합니다. 이 강력한 믿음 그러니까 양육가설은 틀렸다는 겁니다. 저자는 역설합니다. 아이들은 부모보다는 '또래 집단'을 통해 사회화된다고. 자기 신념의 전복을 감수하는 독자에게 많은 생각을 안기는 책입니다. 진지한 사유와 자기 회의가 동원된다면, 새로운 주장에 동의하는가, 반대하는가는 중요치 않을 겁니다. 기존의 자기 신념을 여러 관점으로 고찰하고 폭넓게 사고할수록 자녀 양육의 질이 높아질 테니까요. 연지원

『엄마의 20년』

오소희 지음,
수오서재,
2019

　　육아 멘토 오소희 작가는 "엄마의 세상이 클수록 아이의 세계는 커진다"라고 말해요. 20년 동안 엄마로 살아온 저자는 이 땅의 수많은 엄마들의 '삶'을 되찾아주기 위해 자신의 이야기를 솔직하게 가감 없이 들려줍니다. 우리 사회의 문제점과 그 안에서 '나'를 잃어버릴 수밖에 없는 이유들과 함께요. 건강한 양육자가 되려면 엄마 스스로가 자신을 지키고 성장해야 한다고 덧붙이면서 말이죠. 저는 이 책의 머리말에 쓰인 글 「엄마의 20년」이 참 좋았어요. 아이의 성장을 지켜보며 고심 끝에 써 내려간 엄마의 마음이 그대로 전해져 가슴이 뭉클했거든요. 이유리

『자연의 아이』

줄리엣 디 베어라클리 레비
지음, 박준식 옮김,
목수책방, 2019

일반적인 육아 관련서와는 조금 결이 다른 책입니다. 세계적인 약초치료사의 자연 육아법을 다뤘는데, 아이 자체만큼이나 아이를 둘러싼 환경에 초점을 맞춰 기술하고 있습니다. 아이를 돌보는 부모의 입장뿐만 아니라 몸과 마음이 건강한 사람이 되고자 하는 부모의 입장에서도 도움 받을 구석이 많습니다. 임윤희

『펠레의 새 옷』

엘사 베스코브 지음,
정경임 옮김,
지양어린이, 2016

아이는 못 하는 일이 없답니다. 맡겨보세요. 맡기고 가만히 지켜보다 살짝 거들기만 해봐요. 아이는 뜨개질도 척척 해내고 장작질이며 밥 짓기도 거뜬히 해낸답니다. 아이는 앞길을 스스로 그릴 줄 알고, 글월을 띄울 줄 알며, 언니 동생을 아낄 줄 알아요. '잘 키우려' 하기보다는 '즐겁게 사랑으로 씩씩하게 뛰놀며 자라는' 펠레 같은 아이로 살아가도록 가만히 지켜보며 거들어봐요. **최종규**

좋은 부모가
되고 싶어요

『귤의 맛』

조남주 지음,
문학동네,
2020

좋은 부모가 되려면 아이의 마음을 이해하는 것이 우선입니다. 항상 딸을 생각하며 글을 쓴다는 조남주의 소설 『귤의 맛』은 딸을 이해하기 위한 엄마의 시도로도 느껴집니다. 중학교 영화 동아리에서 만난 단짝 소녀들의 성장 서사를 다룬 소설에는 그들은 어떤 고민과 상처를 안고 있는지, 서로를 어떤 식으로 보듬는지가 상세히 그려져 있어요. 어른들은 모르는 사춘기 아이를 이해하려는 마음 씀이 느껴지는 작품입니다. 이슬기

『나는 뻔뻔한 엄마가 되기로 했다』

김경림 지음,
메이븐,
2018

대개의 엄마들은 '좋은 엄마'가 되기 위해 분투합니다. 잘되면 아이 탓, 못되면 내 탓. 살다 보면 못되는 일을 피해 갈 수 없으니 '좋은 엄마'가 되려는 욕망은 언제나 실패와 맞닥뜨립니다. 그렇습니다. 모든 엄마는 자신이 늘 부족하다고 여겨요. 하지만 그 실패를 조금 '뻔뻔하게' 딛고 일어설 때, 비로소 엄마와 아이의 삶이 더 나아지지 않을까요. 임윤희

『내 아이를 위한 감정 코칭』

최성애 · 조벽 · 존 가트맨 지음, 해냄, 2020

'감정'에 초점을 둔 관계 연구의 세계적인 권위자이자 전문가인 존 가트맨 교수의 이론, 한국의 자녀 교육 상황에 딱 맞춰 단계별로 자세한 설명과 사례를 첨가한 최성애 박사의 다양한 임상 경험, 새로운 교육 비전과 교수법을 전파하고 있는 조벽 교수의 코칭 모델이 잘 어우러져서, 부모들에게 실용적인 도움이 되는 책입니다. 이영미

『노 배드 키즈』

자넷 랜스베리 지음,
허자은 옮김,
하나의책, 2017

아이를 단순히 훈육과 징벌의 대상으로 본다면 '좋은 부모'가 되기는 어려울 겁니다. 대신 그를 한 개인으로 존중하며 양육할 수 있다면, 아마도 좋은 부모일 거예요. 그러나 육아를 하다 보면 그러한 다짐은 계속해서 무너집니다. 이 책은 그러한 부모들에게 위로와 용기를 줍니다. '존중의 육아법'에 대한 방법론이면서, 동시에 아이와 함께 성장하고픈 부모들에게 필요한 책입니다. 김민섭

『노란 코끼리』

스에요시 아키고 지음,
양경미·이화순 옮김,
이가서, 2008

아이는 유모차도 어설프게 몰던 엄마가 면허를 따겠
다고 했을 때, 차라리 초등학생인 내가 어른이 되어 면허
를 따는 것이 더 빠를지도 모른다고 생각합니다. 하지만
엄마는 기어이 면허를 따고 노란색 경차를 삽니다. 그리
고 수많은 사건들이 발생합니다. 좋은 부모가 되는 법이
무엇인지는 모르겠지만, 이 아이는 엄마와 '노란 코끼리'
를 타고 다니며 참 잘 자랍니다. 안정희

『명상록』

마르쿠스 아우렐리우스 지음,
박문재 옮김,
현대지성, 2018

　좋은 부모가 되는 방법을 좋은 아빠에게서 찾아보는 건 어떨까요. 로마 황제 아우렐리우스는 전쟁에 나서면서도 일기를 통해 자기 삶을 정갈하게 다듬은 인물로, 그 철학적 사색을 담은 『명상록』을 아들은 탐독했습니다. 좋은 부모가 되고 싶다면, 자기 삶을 오롯이 기록해야 합니다. 삶이 정갈해야 기록할 수 있으니, 스스로의 삶에도 유익이 있을 것입니다. 장동석

『부모 역할 훈련』

토머스 고든 지음,
이훈구 옮김,
양철북, 2002

『부모 역할 훈련』은 당장 실행할 수 있는 지혜를 안깁니다. 대화의 기술을 구체적으로 알려주고 어떤 태도가 중요한지도 강조합니다. 부모에게 과도한 역할을 부여하지도 않고, 무책임한 수준으로 해방시키지도 않습니다. 탁월한 균형 감각으로 부모의 정서적 건강을 돌보는 책입니다. 부모님들과 함께 독서모임을 했을 때 가장 호응이 컸던 책이기도 해서 자신 있게 소개합니다. 연지원

『아이와 대화하고 있나요?』

폴 액스텔 지음,
유혜경 옮김,
니케북스, 2014

아이가 자라 말없이 방문을 쾅 닫고 제 방으로 들어가버리거나 반항기 가득한 눈으로 말대꾸를 하는 나이가 되면서, 암담했던 기억이 있는 부모라면 "아이들과 대화하는 법을 가르쳐주는 매뉴얼은 어디 없나?" 하고 찾게 될 것입니다. 쉬운 말로 차근차근, 아이들과 효과적으로 대화할 수 있는 방법을 풍부한 사례를 통해 알기 쉽게 안내합니다. 이용주

『엄마의 말하기 연습』

박재연 지음,
한빛라이프,
2018

　부모와 아이 관계에서 어쩌면 가장 중요한 것은 말하기 기술일 것입니다. 사랑하는 마음을 잘 전달할 수 있는 말하기는 상황을 이해하는 연습이 되어야 해요. 먼저 부모들 자신을 이해해야 합니다. 그런 다음 여러 가지 문제 상황에서 어떻게 행동하고 말해야 하는지를 알아야 하죠. 저자는 오랫동안 부모와 교사를 상대로 진행했던 훈련 사례를 바탕으로 실제로 사용할 수 있는 방법을 알려 줍니다. 강창래

『여자는 체력』

박은지 지음,
메멘토,
2019

　육아에 필요한 건 뭐니 뭐니 해도 튼튼한 체력! "건강
한 몸에 건전한 정신"이라는 말도 있지 않습니까. 피곤하
면 매사가 다 귀찮고, 괜한 일에 신경질만 늘기 마련입니
다. 운동 전문가인 저자는 "여성의 몸을 대하는 무례하고
권위적인 방식에 문제를 느낀 이후부터 '다이어트 하러
오셨죠?'라고 묻지 않는 곳, 아파도 무작정 참으라며 회원
을 성의 없이 대하지 않는 곳, 성폭력 위협을 느끼지 않고
안전하게 운동할 수 있는 곳, 나아가 성별, 나이, 장애와
비장애를 넘어 모든 사람이 건강하게 운동할 수 있는 운
동 공간을 만들기 위해 분투해왔다"고 합니다. 아, 이 정
도면 단순한 체력 관리만을 위한 책이 아니겠구나, 싶으
시죠? 김동국

『완벽하지 않아도 괜찮아』

박미라 지음,
휴,
2017

부모는 아이를 무조건 사랑하고 지지해야 한다지만, 부모에게도 '내 편'이 필요합니다. 저자는 아이가 생긴 후 인생이 송두리째 바뀌어 당혹스러운 엄마들 옆에 무조건 든든하게 다가섭니다. 완전한 엄마이기보다는 소박하고 인간적인 엄마가 낫고, 육아를 통해 스스로 자신의 내면을 들여다보는 과정을 거치면서 나날이 강인해지고 비로소 어른이 된다고 조언하는 책입니다. 괜찮아, 천만 번 괜찮아, 당신이 부족해서가 아니에요, 죄책감을 가질 필요가 없어요, 토닥토닥 위로하고 지지합니다. 이유진

『처음부터
엄마는 아니었어』

장수연 지음,
어크로스,
2017

한 여성이자 한 인간이 아이를 낳고 아이와 함께 성장한 이야기를 담고 있습니다. 라디오 PD인 장수연 저자는 '아이를 지울까'라는 고민까지 했던 워커홀릭이었지만, 지금은 두 딸을 키우는 엄마가 되었습니다. 워킹맘으로서의 고충, 가사·육아 분담을 둘러싸고 남편과 빚은 갈등 등을 거침없이 담아냈어요. 좋은 엄마가 되기 위해, 먼저 자기 자신을 지켜내야 한다고 이야기합니다. 한기호

『한국 개미』

동민수 지음,
자연과생태,
2017

'개미 도감'인 『한국 개미』는 엄청난 '육아책'이라고 느껴요. 초등학생 적에 개미한테 푹 빠진 어린이가 갓 스무 살에 이 멋진 도감을 지구에서 거의 처음으로 썼거든요 (개미 도감으로는). '아이가 걷고 싶은 길'을 어버이가 어떻게 북돋우면 아름다울까요? 사회나 학교 눈치를 보지는 마요. 다른 집 아이하고 견주지 마요. 아이가 스스로 좋아하는 길을 찾도록 상냥한 길동무로 지내면 넉넉해요.

최종규

『5백 년 명문가의 독서교육』

최효찬 지음,
한솔수북,
2014

　자기 자식이 잘되기를 바라는 것은 모든 부모의 마음이죠. 그러나 미래의 불확실성, 비인간화의 급증, 과도한 경쟁 체제 등으로 아이들의 장래는 어둡기만 합니다. 때문에 부모의 교육관에 따라 아이들의 장래가 어떻게 되느냐가 결정될 수도 있습니다. 우리 옛 어른들은 자기 자식들을 어떤 방식으로 길렀는가를 통해 그 지혜를 배우는 것이 중요한 까닭입니다. 『5백 년 명문가의 독서교육』에 그 답이 나와 있습니다. 박승민

미래에는 어떤 일을
해야 할까요?

『공부하는 엄마들』

김혜은·홍미영·
강은미 지음,
유유, 2014

아이들에게 많은 것을 주고 싶은 것이 부모 마음입니다. 학벌, 재산을 물려주는 것도 중요하지만 진짜 살아갈 힘을 알려주는 것이 부모의 역할이고요. "공부해서 남 주냐"라는 말 대신 '공부해서 남 주자'라는 생각을 할 수만 있다면 우리 아이들은 나와 공동체를 생각하는 심지 깊은 존재로 성장할 수 있습니다. 단 공부하는 엄마들이 그 비결을 알려주어야 합니다. 장동석

『근대문명에서 생태문명으로』

김종철 지음,
녹색평론사,
2019

변화의 시대, 아이들을 위해 어른들은 어떤 눈을 가져야 할까요? 1991년 격월간지 〈녹색평론〉을 창간한 김종철 선생은 성장 일변도로 달려온 근대적 문명의 파국을 예고하는 가운데, 서둘러 자연과 인간 사이 원활한 '순환'이 이뤄지도록 해야 한다고 말합니다. 농사와 흙의 문화가 가장 중요하지만, 공동체 삶의 운명을 최종 결정하는 '정치' 또한 그 못지않게 중요하다고요. '농사', '생태적 지혜', '생명사상'과 '기본소득', '녹색국가'와 '탈핵'을 다룬 이 책은 아이들의 미래를 진지하고 깊게 고민하려는 어른들의 필독서입니다. 이유진

『기질별 육아혁명』

박진균 지음,
파인앤굿,
2009

자녀에 대한 이해가 진로 지도의 성패를 좌우합니다. '자녀에 대해'서가 아니라 '자녀를' 아는 것이 중요합니다. '자녀에 대해' 아는 것은 아이가 몇 반인지, 아이 친구의 이름은 무엇인지, 아이가 작년 여름에 다녀온 여행지가 어디인지 아는 일입니다. 반면 '자녀를' 아는 것은 아이의 기질, 고민, 장점, 장래 희망을 아는 것이죠. 『기질별 육아혁명』은 '자녀를' 아는 것이 왜 중요한지 설득합니다. 자녀 이해의 중요한 영역이라 할 '기질' 이해의 기초적인 인식을 전합니다. 자녀의 기질을 이해할수록 아이에게 적합한 직업 찾기가 그나마 덜 어려워질 테죠. 연지원

『사람의 자리』

전치형 지음,
이음,
2019

미래에는 '안정된 직업'이라는 것이 아마도 거의 없어질 것입니다. '안정'이라는 것이 반드시 행복을 가져다주는 시대도 지났습니다. 지금의 아이들이 노동자가 되어 있을 20년 후에는 아마도 사람의 일자리가 많이 남아 있지 않을 테지요. 우리는 이제 어떠한 일을 할 것인가보다도, 나는 일할 수 있는 사람이 될 것인가, 우리에게는 어떠한 일이 남아 있을 것인가를 고민해야 합니다. 이 책은 그러한 고민에 가장 인간적인 답을 해주고 있습니다. 김민섭

『사피엔스』

유발 하라리 지음,
조현욱 옮김,
김영사, 2015

"유인원에서 사이보그까지, 인간 역사의 대담하고 위대한 질문"이라는 부제가 책의 내용을 잘 설명합니다. 어떤 직업이 좋겠다고 구체적으로 말해주기보다 지금 우리가 살아가는 시대가 어떤 흐름으로 흘러가고 있는지 큰 그림을 볼 수 있도록 인류의 과거와 현재와 미래를 조망합니다. 안정희

『역사로 보는 직업의 세계』

이은정 지음,
크레용하우스,
2018

　　우리 아이들이 본격적으로 취업할 때가 되면 지금의 직업들 중 살아남을 직업이 과연 몇 개나 될까요? 인공지능의 본격적인 실용화 단계가 되면 인간이 설 자리가 있기나 할까요? 아이들의 미래에 대한 두려움을 없애면서 차근차근 준비해나가는 것은 현명한 부모들이 해야 할 일들 중 하나겠지요. 『역사로 보는 직업의 세계』를 통해 과거와 현재, 미래의 직업까지도 공부해보세요. 박승민

『우리는 지금 미래를 걷고 있습니다』

김정민 지음, 우리학교, 2018

미래를 급속도로 변화시킬 과학기술에 대한 쟁점과 우리 삶의 근본적인 변화를 인문학적 시선으로 담아낸 미래 과학 교양서입니다. 무서운 속도로 질주하며 변화하는 현실 속에서 '제4차 산업혁명', '인공지능', '자동화 시대', '사물 인터넷', '빅 데이터' 등 미래 과학과 연관된 용어와 개념을 습득하며 미래의 흐름을 제대로 파악하고 준비하도록 돕습니다. 이영미

『조선직업실록』

정명섭 지음,
북로드,
2014

　미래의 직업을 찾는다고요? 당장 내일도 알 수 없는데요? 차라리 과거의 직업을 살펴보는 건 어떨까요? 미래는 알 수 없지만, 과거는 알 수 있으니까요. 뭔가 통찰이 생길지도 모르잖아요. 체탐인, 시파치, 기인, 외지부, 전기수…. 이름만으로는 짐작하기도 힘든 조선 시대의 직업들을 살펴보면서, 자신의 통찰력을 시험해볼 좋은 기회입니다. 김동국

『직업의 종말』

테일러 피어슨 지음,
방영호 옮김,
부키, 2017

이제는 전문직이나 경력에 대한 미련을 버리는 것이 좋습니다. 엄청나게 복잡하고 모든 것이 빛의 속도로 변화하는 세상에서 중요한 것은 창의력이에요. 1등이 아니라 유일해야 합니다. 무의미한 학위를 따느라 시간과 비용을 들이는 것보다 창업가 정신을 장착하고 발휘할 준비를 해야 합니다. 미래의 직업에 대한 이해와 지침을 이 책을 통해 받아들여보시길. 강창래

『4차 산업혁명에서 살아남기』

김대식 지음,
창비,
2018

이 책에서 저자는 "가장 걱정되는 세대는 오늘날 10대입니다. 경력상 황금기를 맞이해야 할 40대에 인공지능과 본격적으로 경쟁해야 하기 때문이지요. 구체적으로 어떤 분야에서 어떻게 경쟁할지는 예상하기 어렵지만, 피할 수 없는 미래라는 점만은 명백"하다고 말합니다. 인공지능과 로봇 기술이 현재 어느 수준에 도달해 있는지 알려주면서, 인공지능 시대에 우리는 무엇을 할 수 있을지 고민하는 책입니다. 아이가 살아남아야 할 미래의 모습을 미리 성찰해보는 계기가 될 것입니다. 한기호

『10대와 통하는 농사 이야기』

곽선미 외 지음,
철수와영희,
2017

아이한테 '미래 직업'을 이야기하기보다는 "너는 밥하고 옷하고 집을 어떻게 스스로 마련하겠니? 전기가 끊어지고 돈값이 주저앉을 적에 너는 어떻게 살아가겠니?" 하고 물어보면 좋겠어요. 모든 먹을거리는 숲에서 비롯해요. 고기로 삼는 소, 돼지, 닭이 뭘 먹을까요? 바로 풀, 풀 열매, 애벌레를 먹지요. 풀을 먹든 고기를 먹든, 풀꽃나무를 알고 흙을 아끼면 앞으로 펼칠 일을 찾기란 수월하리라 믿어요. 최종규

『21세기 사상의 최전선』

김환석 외 지음,
이성과감성,
2020

미래 직업을 고민하는 일에는 앞서 미래 사회가 어떤 모습일지 추측하는 일이 필요합니다. 『21세기 사상의 최전선』은 도나 해러웨이에서 그레구아르 샤마유에 이르기까지 21세기를 대표하는 사상가 25명의 논의를 간략하게 해설한 책입니다. 코로나19뿐 아니라 지구온난화, 미세먼지, 플라스틱 쓰레기 등이 야기하는 지속 불가능성의 위기에 직면한 우리의 미래에 어떤 해법이 필요할지, 함께 고민해볼 수 있을 겁니다. 이슬기

주변 사람이 세상을 떠나
괴로워요

『고마운 마음』

델핀 드 비강 지음,
윤석헌 옮김,
레모, 2020

실어증에 걸린 80대 할머니의 마지막을 되돌아보며 '고마움'이 가진 말의 의미와 가치를 생각하게 하는 책이에요. 언어를 잃어가는 두려움이 죽음보다 앞선 상황에서도 미쉬카 할머니가 잊지 않았던 건 상대에 대한 '진실된' 고마움이었죠. 마음속에서 깊이 우러나오는 "고맙다"는 말은 그녀가 떠난 후 사람들에게 진한 그리움으로 남아요. 한 사람의 죽음을 기억할 때, 슬픔과 서늘함 대신 고마움과 은혜로움으로 가득하고 싶다면 읽어보세요. 이유리

『골든아워』

이국종 지음,
흐름출판,
2018

어쩌면 가장 유명한 의사, 이국종 씨가 쓴 에세이입니다. 이 책에는 분과 초를 다투는 응급 환자들과 그들을 살리기 위해 일하는 여러 의료진이 등장합니다. 허무, 환희, 외로움 등등 죽음과 삶의 경계를 오가는 이들의 서사에서 '죽음'에 대해 성찰할 기회를 얻을 수 있습니다. 한 사람의 죽음을 돌이키기 위해 이처럼 많은 사람의 손길이 오간다는 것은 그 자체로 큰 감동입니다. 김민섭

『나는 희망의 증거가 되고 싶다』

서진규 지음,
RHK,
2011

우리는 늘 죽음이라는 난데없는 복병에 노출되어 있습니다. 그러나 영원히 사는 사람은 지구상에 단 한 사람도 없습니다. 다만 그 시간이 빨라지느냐, 조금 늦춰지느냐의 차이만 존재합니다. 죽음이 수시로 드나드는 지구를 생각해보세요. 아프리카의 난민들, 종교 전쟁 속의 팔레스타인들 등. 어쩌면 우리에게 중요한 것은 가까운 사람의 죽음이 아니라 죽음 이후의 내 마음 상태일 것입니다. 수십 번의 자살 시도 끝에, 식모에서 하버드 대학까지 졸업한 서진규 선생의 『나는 희망의 증거가 되고 싶다』를 권합니다. 박승민

『나무』

고다 아야 지음,
차주연 옮김,
달팽이, 2017

우리는 "누구나 죽지 않습"니다. 몸이 죽기에 죽음이 아니에요. 마음이 죽기에 비로소 죽음이라 합니다. 낡은 몸을 내려놓고 얼마든지 새 삶을 누릴 수 있습니다. 마음을 가꾸고 씨앗으로 남기는 길을 나무한테서 배운다면, 나이를 먹을수록 한결 차분하면서 깊고 환한 눈빛이 될 만해요. 이 눈빛을 아이한테 물려주는 참어른이 된다면, 겨울을 거쳐 푸르게 빛나는 봄을 익힌다면, 우린 서로 늘 마음으로 이어져요. 최종규

『너의 슬픔이 아름다워 나는 편지를 썼다』

와카마쓰 에이스케 지음,
나지윤 옮김,
예문아카이브, 2018

슬픔과 상실을 겪는 이들에게 전하는 열한 통의 위로 편지입니다. 아내를 잃은 저자가 힘든 시간을 보내고 있는 이들에게 자신이 경험한 절망과 상실감을 극복하는 과정에서 겪은 일상을 이야기하듯 담담하게 털어놓습니다. 자신과 비슷한 슬픔을 겪은 이로부터 공감과 진심이 담긴 따뜻한 위로의 편지를 받은 느낌입니다. 이용주

『바다』

존 밴빌 지음,
정영목 옮김,
문학동네, 2016

아내의 죽음으로 인해 시작된 여행은 맥스를 어린 시절로 데려갑니다. 그곳에는 가난하고 사랑에 허기졌던 맥스와 첫사랑 클로이, 그리고 바다가 있습니다. 작가 존 밴빌의 문장은 맥스의 과거와 현재를 오가며 그가 느꼈을 공허와 허무를 섬세하게 그려냅니다. 사랑하는 두 존재와의 이별은 감춰졌던 맥스의 욕망을 선명하게 보여줍니다.

전은경

『바깥은 여름』

김애란 지음,
문학동네,
2017

일곱 편의 단편소설이 실려 있습니다. 첫 두 편과 마지막 작품은 죽음과 직접 관련이 있고 나머지는 죽음이 그림자처럼 드리워져 있어요. 아기의 죽음과 아버지의 죽음, 언어의 죽음, 남편의 죽음…. 사실 죽음에 대한 이야기는 삶에 대한 이야기입니다. 작가는 멋진 통찰력으로 그렇다는 것을 알게 해줍니다. 죽음에서 삶을 읽어내고 싶은 당신에게 권합니다. 강창래

『상실 수업』

엘리자베스 퀴블러 로스·
데이비드 케슬러 지음,
김소향 옮김,
인투빅스, 2014

제 영혼을 어루만져준 책입니다. 특히 '상실의 예감'이라는 개념 덕분에 제 아픔과 힘듦을 이해할 수 있었습니다. 인상 깊었던 문장을 옮겨두고 싶네요. "인간은 자신이 필연적으로 죽을 수밖에 없는 존재임을 자각하는 유일한 종이다. 우리는 언젠가는 죽는다는 사실을 깨닫는다. 자신뿐만 아니라 주위의 모든 이들도 때가 되면 같은 운명에 처해진다는 것도 깨닫는다. 이것이 '상실의 예감'이다. 알 수 없는 일에 대한 두려움과 언젠가는 경험해야 할 고통이 미리 문을 두드리는 것이다." 연지원

『숨결이 바람 될 때』

폴 칼라니티 지음,
이종인 옮김,
흐름출판, 2016

죽음과 씨름하면서 환자를 위해 끝까지 싸우던 서른 여섯 살 젊은 의사의 마지막 순간. 자기 분야의 정상에 올라 장밋빛 미래를 꿈꿀 바로 그 무렵, 가슴의 통증과 함께 폐암이 찾아옵니다. 하루아침에 죽음과 가까이 대면한 환자가 되면서 "내 삶을 가치 있게 만드는 것이 무엇인지" 고민하던 그는 다시 수술실로 돌아가 의사로서 생을 마감합니다. 삶보다 아름다운 죽음이지요. 이영미

『슬픔의 위안』

론 마라스코·
브라이언 셔프 지음,
김설인 옮김, 현암사, 2019

　　슬픔을 감추어야 할 감정이 아니라 인간의 근원적인 보편 감정으로 새롭게 바라보는 시각을 제시한 책입니다. 절대적인 것처럼 보이는 슬픔도, 책장을 넘기며 다양하고 구체적인 경험담을 읽다 보면, 빠져나올 수 있는 길을 찾을 수 있을 것입니다. 지금 깊은 슬픔의 강을 건너고 있다면, 이 책이 전하는 위안을 받으세요. 이용주

『애도 일기』

롤랑 바르트 지음,
김진영 옮김,
걷는나무, 2018

사랑하는 사람을 죽음으로 잃어버린 슬픔을 기록한 롤랑 바르트의 에세이입니다. 어머니의 죽음을 애도하며 쓴 일기로, 상실에 관하여 집요하게 사유하고 기록하고 있습니다. 슬픔을 피하지 않고 정면으로 바라볼 수 있게 돕습니다. 한기호

『엄마는 행복하지 않다고 했다』

김미향 지음,
넥서스BOOKS,
2019

엄마는 평생 내 곁에 있을 줄 알았습니다. 그런데 엄마가 세상을 떠났습니다. 죽음은 누구에게나 평등하지만, 엄마의 죽음은 자식에게 죄책감을 남깁니다. 이 세상에 있어만 주면 좋겠습니다. 그런 엄마를 만나기 위해 잠을 청합니다. 꿈속에서나마 만나고 싶어서. 자식은 대부분 살아생전 엄마 편이 되어주지 못했다는 자책감을 느낍니다. 엄마를 기억하며, 기록하며 엄마에 대한 그리움이 아픔으로만 그치지 않게 함으로써 저자와 공감하게 되며 읽는 사람도 같이 치유되는 책입니다. 박상률

『에브리맨』

필립 로스 지음,
정영목 옮김,
문학동네, 2009

평범하지 않은 한 남자의 평범한 죽음 이야기. "노년은 대학살"이라고 말하며, 자책에 박자를 맞추어 가슴을 치는 남자. 그는 사람이 자발적으로 충만함을 버리고 무한한 무無를 선택할 수 있는지 질문합니다. 온 세상을 삼켜버리는 열린 무덤을 바라보며 죽음은 부당하다고 말합니다. '있음과 알지 못함' 사이로 들어가는 보통 사람의 시선과 함께할 수 있는 작품입니다. 전은경

『오늘은 좀 매울지도 몰라』

강창래 지음,
루페,
2018

　제가 쓴 책을 제가 추천하려니 조금 민망합니다. 암 투병하는 아내를 보살피면서 평생 처음으로 요리를 했어요. 조금이라도 맛있게 먹는 아내의 얼굴을 보는 것이 얼마나 큰 위로가 되었는지 모릅니다. 아내는 투병했던 마지막 3년이 일생에서 가장 행복했다며 세상을 떠났어요. 레시피를 정리하고 짧게 느낌을 달아두었던 일기를 책으로 엮었습니다. 강창래

『인생』

위화 지음,
백원담 옮김,
푸른숲, 2007

가혹한 운명의 재앙을 만났을 때 인간은 쉽게 헤어날 수 없는 좌절을 경험하게 됩니다. 전 재산을 잃거나 가족의 죽음을 지켜보는 일은 삶을 유지할 작은 힘마저 앗아가버리지요. 하지만 오히려 그 순간, 지나온 삶을 통찰할 수 있는 힘이 생긴다는 것은 아이러니가 아닐 수 없습니다. 소설 『인생』의 작가 위화는 삶을 살아가는 힘이 "행복과 고통, 무료함과 평범함을 견뎌내는 데서" 나오고, 쓰디쓴 운명을 견뎌내는 것이 인생이며, 그것이 가장 감동적인 우정이라고 말합니다. 전은경

『잃었지만
잊지 않은 것들』

김선영 지음,
라이킷,
2019

어려서 아버지를 담낭암으로 잃은 딸은 커서 암환자를 치료하는 의사가 됐습니다. 어느 날 문득, 딸은 그 시절 부모님이 쓴 투병기를 찾아 읽었습니다. 그러고는 다시 바라본 아버지의 죽음, 늘 목도하는 환자들의 죽음과 언젠가 맞이할 자신의 죽음에 대해 사유하는 에세이를 썼습니다. 슬픔을 후벼파기보다는 '죽음'에 대한 진지한 성찰을 담은 책입니다. 아픈 당신의 마음에도 위로가 될 것입니다. 이슬기

『죽음이라는 이별 앞에서』

정혜신 지음,
창비,
2018

해고 노동자, 세월호 유가족 등 사회적으로 트라우마를 많이 입은 피해자들의 소리에 귀 기울여온 '거리의 의사' 정혜신이 쓴 책입니다. 사람은 살면서 가까운 사람과 이별을 많이 하는데요. 그중에서도 죽음은 가장 큰 이별입니다. 저자는 섣불리 죽음을 잊으라고 하지 않습니다. 슬픔을 충분히 애도해야 일상으로 돌아올 수 있다고 믿기 때문입니다. 박상률

『푸른 밤』

존 디디온 지음,
김재성 옮김,
뮤진트리, 2012

가까운 이의 죽음으로 상실을 겪고 있는 사람을 위로할 수 있는 책은 없습니다. 『푸른 밤』은 그들을 위해 권하는 책이 아닙니다. 상실의 고통에 괴로워하는 이를 주위에서 지켜보는 사람들을 위해 권하는 책입니다. 고통의 한가운데에 놓인 이들을 어떤 말과 행동으로 대해야 할까요? 우리는 그저 막막합니다. 심지어 그런 고통을 직접 경험한 적이 있음에도 말입니다. 저자는 자신이 직접 겪은 가족의 상실을 고통스럽게 반추하고 반성하면서 써 내려갔습니다. 읽기 쉽지는 않습니다. 아마 많이 고통스럽고, 많이 울게 될 것입니다. 하지만, 함께 울어줄 수 없다면 누굴 위로할 수 있겠습니까. 김동국

주체적인 여성으로
살고 싶어요

『그녀 이름은』

조남주 지음,
다산책방,
2018

　　이 작가의 작품 『82년생 김지영』(민음사)은 읽어보셨겠지요. 대한민국에서 여성으로 살아간다는 것이 어떤 것인지 너무나 잘 보여주었거든요. 『그녀 이름은』에 실린 작품들은 10대에서 70대까지 한국 여성 수십 명을 인터뷰한 뒤에 쓴 것입니다. 르포르타주 같은 이 소설에서 여성의 삶을 느껴보세요. 저절로 페미니스트가 될 겁니다. 페미니즘은 현실 속의 실천이어야 해요. 강창래

『긴즈버그의 말』

루스 베이더 긴즈버그 지음,
오현아 옮김,
마음산책, 2020

루스 베이더 긴즈버그를 제대로 알게 된 건 〈세상을 바꾼 변호사〉라는 영화에서였어요. 500명의 법대 입학생 중 여성이 아홉 명이던 첫 장면에서, 법대학장으로부터 남성의 자리를 여성이 차지한다는 비난을 받죠. 노골적으로 차별하는 당대의 모습을 보며 긴즈버그는 현실의 장벽을 부수기 위해 애써요. 책에서 그는 "올바른 동시에 단단한 의견을 내는 것이 한결같은 나의 목표다"라고 말해요. 법관의 강인하고 신념에 찬 목소리는 법은 사람을 위해 존재해야 하고 모든 사람들은 법 앞에 평등해야 한다는 정의를 보여주는 것 같아요. 이유리

『나는 내 파이를 구할 뿐 인류를 구하러 온 게 아니라고』

김진아 지음,
바다출판사,
2019

여성은 독립된 자아로 존엄한 존재입니다. 국가, 종교, 제도, 관습 그 어느 것도 여성을 속박할 수 없습니다. 남성에게 빼앗긴 여성의 파이를 찾기 위해서는 '야망'으로 무장한 여성들이 '우먼소셜클럽'을 구축하고 '정치' 세력으로 성장해야 합니다. 말만 앞서는 페미니즘이 아니라 삶을 어떻게 일구어갈 것인가를 고민하는 페미니즘을 담고 있습니다. 장동석

『나는 당당한 페미니스트로 살기로 했다』

린디 웨스트 지음,
정혜윤 옮김,
세종서적, 2017

『나는 당당한 페미니스트로 살기로 했다』는 읽는 재미가 짜릿합니다. 페미니즘을 실천하며 산다는 것이 무엇을 의미하는지 삶으로 생생히 보여줍니다. 열렬한데 비장하지 않습니다. 저자가 유머와 재치를 잃지 않기 때문입니다. 열정적인 활동가가 쓴 책이 독자에게 무엇을 안겨주는지 확인했던 책이에요. 그것은 거의 모든 미덕입니다. 활력, 지혜, 위로, 용기, 비전, 연대 의식…. 연지원

『나쁜 페미니스트』

록산 게이 지음,
노지양 옮김,
사이행성, 2016

저자인 록산 게이는 이렇게 말합니다. 나는 여성으로서도, 페미니스트로도 실패한 사람입니다. 높은 기준에서 보면 불량(나쁜) 페미니스트이겠지요. 그렇지만 나름대로 평등 의식을 가지고 있습니다. 남성과 다른 신체를 가지고 있지만 학대와 폭력의 대상이 되어서는 안 되고, 자기 신체에 대한 자기 결정권은 지켜야 한다고 말합니다. 저자의 테드 강연을 먼저 보아도 좋습니다. 책도 재미있으리라는 걸 금방 알 테니까요. 강창래

『늑대와 함께 달리는 여인들』

클라리사 에스테스 지음,
손영미 옮김,
이루, 2013

민담, 설화, 동화를 통해서 여성의 무의식을 탐사한 여성 심리학의 고전입니다. 지금의 나를 들여다보기 위해 그 시공간의 축을 넓혀서 조망해보는 작업은 나를 훨씬 풍요롭게 탐사할 수 있도록 도와줍니다. '이야기'를 통해 들여다보는 심리의 세계인지라 그 이야기 자체에도 흥미진진하게 빠져들 수 있는 책입니다. 임윤희

『당신이 계속 불편하면 좋겠습니다』

홍승은 지음,
동녘,
2018

이 책을 읽고 저는 농담처럼 "당신이 계속 불편하면 좋겠습니다"라고 친구에게 말하고 다녔습니다. 그만큼 이 책의 여운은 오래 남았어요. 여러 여성 당사자의 책 중에서도 가장 담담한 동시에 힘이 있는 고백이었습니다. 김민섭

『두 늙은 여자』

벨마 월리스 지음,
김남주 옮김,
이봄, 2018

한겨울에 기근이 닥치자, 전체가 굶어 죽을 위기를 타개하기 위해 알래스카 그위친 부족의 우두머리는 그동안 돌보던 두 늙은 여자를 황량한 벌판에 버리고 가기로 결정합니다. 두 여자는 공동체를 위해 열심히 살았던 과거를 돌아보며 무력감과 배신감에 눈물을 흘리지만, 마냥 주저앉아 있을 수만은 없습니다. "친구야, 어차피 죽을 거라면 뭔가 해보고 죽자고!" 스스로 삶을 꾸리는 두 늙은 여자에게서 누구보다도 주체적인 여성의 모습을 발견할 수 있을 것입니다. 이영미

『모든 사람은 혼자다』

시몬 드 보부아르 지음,
박정자 옮김,
꾸리에, 2016

우리는 모두 불안합니다. 국가, 부모, 외모, 성별 등 스스로 선택할 수 없는 것들의 영향력에서 자유로울 수 없기 때문이지요. 하지만 어떻게 살 것이며 어디로 갈 것인지를 스스로 선택할 자유는 있습니다. 결국 우리는 혼자이며 뭐든지 자신의 뜻대로 할 수 있지만, 그에 따른 책임도 스스로 져야 한다는 사실을 깨닫는 순간 또 다른 불안이 시작됩니다. 그러나 그때 느끼는 불안은 이전의 그것과는 전혀 다른 것입니다. 이용주

『밥.춤』

정인하 지음,
고래뱃속,
2017

밥을 짓기 위해? 아닙니다! 밥을 먹기 위해? 아닙니다! 밥을 벌기 위해, 춤추듯 일하는 여성들의 모습이 이 책 속에 들어 있습니다. 작가는 주변 여성들을 모델로 하여 이 책을 구상하고 그렸다고 하네요. 주체적인 여성은 멀리 있지 않습니다. 딸과 아들, 모두 함께 보면 더욱 좋아요! 김동국

『벌새』

김보라 외 지음,
아르테,
2019

"선생님, 제 삶도 언젠가 빛이 날까요?" 은희는 아무도 주목하지 않는 자신의 시간이 누군가와 함께하기를 소망합니다. 들리지 않는 소녀의 목소리는 아직 세상을 부유하지만, 어딘가에 조용히 자리 잡아 언어화될 수 있기를 기대합니다. 은희의 시간과 소리가 떨림을 만들어낼 때, 우리는 노력하지 않아도 온전한 '내'가 되는 세상을 만날 수 있습니다. 전은경

『붕대 감기』

윤이형 지음,
작가정신,
2020

'주체적인 여성으로 살기'를 가능케 하는 것은 '여성들 사이의 연대'입니다. 나 혼자서 수많은 사회적 허들을 뛰어넘기가 쉽지 않기 때문에, 어떤 것은 힘을 보태도 역부족이기 때문에. 『붕대 감기』는 흔히들 하는 '여적여(여자의 적은 여자)'라는 말 대신, 우리는 같은 버스를 탄 일원임을 상기시키는 책입니다. 절필을 선언한 윤이형 작가의 마지막 책이기에 더욱 소중하기도 하고요. 이슬기

『아이 러브 딕』

크리스 크라우스 지음,
박아람 옮김,
책읽는수요일, 2019

페미니즘 문학의 고전이라고 일컬어지는 소설입니다. 하지만 1997년 출간 당시엔 "글이 아니라 토사물"이라는 평을 들어야 했지요. 차츰 시간의 무게를 견뎌 지금은 페미니즘 문학의 고전으로 여겨지고 있습니다. 여성의 삶이 그대로 하나의 작품임을 보여주는데, 페미니즘 개념에 관한 정의나 설명보다 더 잘 읽힙니다. 박상률

『페미니스트 99』

줄리아 피어폰트 지음,
정해영 옮김,
민음사, 2018

남녀 간의 기울어진 운동장이 이제는 공평한 운동장으로 변하고 있습니다. 그럼에도 아직 한국 사회에 남아 있는 가부장적 요소들과 보이지 않는 성차별의 장벽은 여전한 숙제입니다. 다만 한 여성으로서 남성과 대결하는 '성의 전쟁'을 넘어 한 인간으로서 존엄성을 유지하려는 폭넓은 관점이 필요한 시기입니다. 그런 점에서 『페미니스트 99』를 권합니다. 박승민

『페미니즘 교실』

김고연주 외 지음,
돌베개,
2019

이 책의 장점은 두 가지입니다. 하나는 여러 명의 저자가 썼다는 것이고, 다른 하나는 페미니즘과 관련한 현재의 이슈를 제한 없이 다룬다는 겁니다. 10대들의 일상을 덮친 여성혐오와 소수자혐오, 데이트폭력, 미투운동과 스쿨미투, 성차별을 전파하고 강화하는 대중문화, 안티페미니즘과 같은 주제만이 아니라 성폭력 피해자들의 대처 방법까지 나옵니다. 강창래

『페미니즘의 도전』

정희진 지음,
교양인,
2013

"여성주의는 사람들을 '행복'하게 하지 않는다." "안다는 것은 상처받는 일". 그럼에도 여성인 나로서 의미를 찾고 싶다면 읽어야 할, 이제는 고전이 된 여성학자 정희진의 저서입니다. 페미니즘은 가부장제에 저항한다기보다 협상, 생존, 공존을 위한 운동이며 남성의 세계관과 경험만을 보편적인 역사로 만드는 힘을 조금 상대화하자는 운동이라고 설명합니다. 이유진

Q17

공부로 고민하는
청소년이에요

『강성태 66일 공부법』

강성태 지음,
다산에듀,
2019

청소년이라면 누구나 '공부' 고민에 시달립니다. 그런데 공부란 규칙적인 습관이 중요합니다. 하루를 망치면 일주일, 한 달이 그냥 지나가버리기 쉽죠. 또 크고 먼 목표보다는 작은 목표를 세우고 매일매일 실천하는 것이 중요합니다. 생각이 바뀌면 행동이 바뀌고, 행동이 바뀌면 습관이 바뀌고, 습관이 바뀌면 인생이 바뀐다고 합니다. 『강성태 66일 공부법』은 공부를 잘하기 위해서 지켜야 할 규칙들을 친절하게 가르쳐줄 것입니다. 박승민

『개인주의자 선언』

문유석 지음,
문학동네,
2015

문유석의 『개인주의자 선언』을 권합니다. 판사 문유석
이 공부란 도대체 무엇인가, 라는 물음에 답을 하기도 하
고요, 공부를 해서 도대체 어디에 써 먹는가, 라는 이야기
도 들려줍니다. 또한 나란 사람한테는 어떤 공부가 좋겠
구나, 하는 힌트도 곳곳에 함께 있습니다. 안정희

『공부 이야기』

장회익 지음,
현암사,
2014

평생 '공부'에 매진해온 한 노학자의 공부 일대기입니다. 시험을 앞두고 있을 때는 그 시험을 잘 보는 게 급선무겠지만, 그 시험을 왜 봐야 하는지, 그 공부를 왜 해야 하는지 고민하는 데까지 나아가려면 '공부'란 게 어떤 건지 알아야 하지 않을까요. 시험이 없을 때조차도 공부로 이어지는 삶을 살아가는 노학자의 진솔한 이야기가 그 실마리를 제공해줄 것입니다. 임윤희

『공부머리 독서법』

최승필 지음,
책구루,
2018

모든 플랫폼이 검색형 체제를 강화하고, 스마트폰에 무엇이든 물으면 곧 정답을 얻을 수 있는 시대에 인간의 공부는 어떻게 바뀌어야 할까요? 저는 책을 함께 읽고 토론한 다음 그 내용을 글로 써낼 줄 알면 모든 일이 끝난다고 말하곤 합니다. 『공부머리 독서법』의 저자 역시 이 책을 통해 교과서를 읽고 이해할 수 있는 능력의 여부가 아이 성적을 좌우하며 그 능력을 키워줄 수 있는 것은 독서라고 강조합니다. 독서의 중요성을 역설할 뿐만 아니라 가정에서도 충분히 실현 가능한 독서법을 소개하고 있는 책입니다. 한기호

『공부의 달인, 호모 쿵푸스』

고미숙 지음,
북드라망,
2012

청소년들에게는 조금 낯설 수 있지만, 고미숙 선생님은 자타가 공인하는 '공부 달인'이에요. 공부를 잘하려면 스스로 질문할 수 있는 능력이 있어야 하는데, 그 능력이 커질수록 내 삶의 크기도 커진다고 해요. 암기법을 가르쳐주는 책은 아닙니다. 아주 쉬운 책도 아니지만 공부를 도대체 왜 해야 하는지 답답할 때, 확실한 길을 보여준답니다. 이유진

『그래비티 익스프레스』

조진호 지음,
위즈덤하우스,
2018

중력의 비밀을 이야기하려면, 오랜 과거로 거슬러 올라가지 않으면 안 됩니다. 중력 이론의 세계에는 아인슈타인과 뉴턴만 있는 것이 아닙니다. 아낙시만드로스가 있고, 피타고라스가 있고, 에라토스테네스가 있습니다. 그들은 2천 년도 넘는 과거의 사람들입니다. 이 세계는 그렇게 축적됐습니다. 세계의 비밀을 알기란 쉽지 않습니다. 하지만 인류는 꾸준히 앞으로 발을 내딛어왔습니다. 생각하고 생각하면서 더 나은 답을 찾아왔기 때문입니다. 조금 옆길로 새고 가끔 뒤죽박죽되더라도, 분명한 목표와 그럴듯한 질문이 있다면 틀림없이 우리는 앞으로 나아갈 것입니다. 당신의 공부도 마찬가지입니다. 김동국

『배움의 발견』

타라 웨스트오버 지음,
김희정 옮김,
열린책들, 2020

'어떻게 하면 잘할 수 있어요?'에 초점을 맞춘 학습법에 관한 책은 차고 넘칩니다. 하지만 학습법보다 중요한 게 있어요. 공부를 해야 할 분명한 이유를 찾는 것입니다. "배움은 학업적 성취를 넘어 세상을 넓고 깊게 바라보는 일이며, 더 나아가 진정한 자아를 발견해가는 일"이라는 저자의 말처럼 공부를 해야 할 분명한 동기가 생긴다면 방법은 얼마든지 찾을 수 있습니다. 이용주

『열다섯, 교실이 아니어도 좋아』

최관의 지음,
보리,
2014

　『열일곱, 내 길을 간다』(보리)와 함께 읽어도 좋겠습니다. 두 책 모두 한 저자가 썼거든요. 남들과 다르게 사는 열다섯 살 주인공이 하루하루 자기만의 삶을 헤쳐가는 이야기입니다. 그 나이대에 다른 아이들과 다르게 산다는 건 학교에 다니지 않는다는 것입니다. 배움은 학교에서만 이루어지는 것이 아니에요. 학교 밖에서도 이루어집니다. 그러나 요즘 아이들과 어른들은 학교에서 교육을 받지 않으면 큰일 날 것처럼 호들갑을 떱니다. 학교 밖에도 배움이 있고, 그 배움이 진정한 삶으로 이어질 수 있음을 그린 책입니다. 박상률

『청춘의 독서』

유시민 지음.
웅진지식하우스,
2009

공부로 고민하고 있는 청소년의 학습 의지 고양에 도움이 될 만한 책,『청춘의 독서』입니다. 유명한 탐서가인 유시민 작가가 자신의 청춘을 이뤘던 책 이야기를 적었습니다. 지식을 꼭꼭 씹어 떠먹기 좋게 전달하는 능력이 탁월한 저자의 글이라 청소년이 읽기에도 부담이 없고, 특히 여러 분야의 지식들 중 자신이 어느 분야에 관심이 있는지 가늠할 수 있는 책이기도 합니다. 이슬기

『팩트풀니스』

한스 로슬링 외 지음,
이창신 옮김,
김영사, 2019

탈진실의 시대에 진실을 바라보는 지혜를 전하는 책입니다. 빌 게이츠가 미국의 모든 대학 졸업생에게 선물해 화제를 모으기도 했죠. 편견의 굴레와 체계적 오답에서 벗어나야만 진짜 현실과 마주하고 인간이 진보할 수 있다고 전하고 있습니다. 비판적 사고를 기를 수 있도록 돕는 책입니다. 한기호

『학교는 하루도 다니지 않았지만』

임하영 지음,
천년의상상,
2017

　　대학은 물론 고등학교, 중학교, 초등학교조차 다녀본 적이 없는 스무 살 청년 임하영. 스스로 정한 몇 가지 기본적인 할 일을 제외하곤 온통 자유 시간이었던 그는 무엇을 하고 어떤 공부를 했을까요? 그리고 어떤 청년으로 성장했을까요? 1등에만 열광하고, 학벌과 물질의 축적만을 성공의 기준으로 삼아, 탐욕 가득한 저질의 엘리트들을 양산해내고 있는 우리 현실을 되돌아보게 만드는 책입니다. 이영미

『학문의 즐거움』

히로나카 헤이스케 지음,
방승양 옮김,
김영사, 2001

　　수학 분야의 노벨상이라는 '필드상'을 수상한 저자는 배움이 필요한 이유가 '지혜'를 얻기 위해서라고 말합니다. 배우지 않고서는 머릿속에 정보가 없기에 어떤 결과도 이뤄낼 수 없다는 거죠. 저는 이 책에서 말하는 공부의 이유가 지혜의 깊이를 얻기 위해서라는 것이 마음에 들었어요. 인생의 어려운 문제에 부딪혀 고민할 때, 사람은 학습했던 것에서 힌트를 찾는다고 생각하거든요. 이 책은 배움을 통해 지혜를 얻고 새로운 걸 창조하는 재미를 느끼게 된 수학자의 성장 이야기로, 학문도 즐거울 수 있다는 새로운 관점을 제시합니다. 이유리

『홍세화의 공부』

홍세화 · 천정환 지음,
알마,
2017

    우리는 공부에 많은 시간을 쓰고 있지만, 그중에 공부라고 할 만한 것이 얼마나 될지는 알 수가 없습니다. 단순히 무엇을 암기하고 얼마나 맞혔는지를 계량화하는 것만이 공부는 아닙니다. 한 사람의 생각이 만들어지는 데 관여하는 것, 그래서 한 사람의 생각이 되는 것, 그것이 오히려 개인과 사회에 보탬이 될 만한 공부예요. 저자는 당신의 생각은 어떻게 당신의 생각이 되었는지, 어떠한 공부를 해왔는가를 묻습니다. 김민섭

『히틀러의 딸』

재키 프렌치 지음,
공경희 옮김,
북뱅크, 2008

왜 배워야 할까요? 무엇을 배워야 할까요? 우리가 독재자 딸이나 권력자 아들이라면요? 이때에 우리는 어디에서 무엇을 어떻게 배울까요? 둘레에서 들려주거나 가르치려는 이야기는 얼마나 참답거나 알맞거나 아름다울까요? 왜 우리나라 입시 지옥은 이다지도 무시무시할까요? 혼자만 잘되는 길이라면 배움이 아니겠지요. 스스로 기쁘게 노래하면서 이웃하고 어깨동무하는 길이기에 배움이겠지요. 최종규

Q18 | **책으로**
힐링하고 싶어요

『고슴도치의 우아함』

뮈리엘 바르베리 지음,
류재화 옮김,
문학동네, 2015

　　지성을 감추고 살아가는 아파트 수위 아주머니와 삶의 허무를 너무 일찍 깨달은 천재 소녀. 이 둘은 고슴도치처럼 가시를 장착하고 자기 세계에서 웅크린 채 살아갑니다. 그러던 어느 날 세상을 향해 한 발씩 내디디면서 달라져요. '심오한 사고'를 통해 집착에서 조화로, 혼돈에서 아름다움으로. 단순한 스토리이지만 뜻밖의 결말이 놀랍고 매혹적입니다. 참고로 2015년에 새로 번역한 신간을 추천합니다(이전 번역보다 훨씬 잘 읽혀요). 강창래

『꼬마 니콜라』

르네 고시니 글,
장 자크 상뻬 그림,
윤경 옮김,
문학동네, 2012

가장 힐링이 되는 책은 어린 시절에 습관적으로 꺼내 읽었던 어떤 한 권이 아닐까 합니다. 저에게는 그것이 『꼬마 니콜라』였습니다. 코가 큰 어린아이의 삽화도 괜히 바라만 봐도 참 좋았고 그가 친구들과 벌이는 여러 일들도 모두 귀여워서, 그저 꺼내서 곁에 두기만 해도 마음이 편안해졌습니다. 지금도 그래요. 김민섭

『나의 스웨덴에서』

엘리 지음,
아르테,
2019

　한국인 일러스트레이터 엘리의 그림과 사진이 너무도 예쁜 힐링 책입니다. '피카^{FIKA}'가 '커피'를 가리키는 노동자들의 암호였다는 것, 북유럽 가구의 출발이 한국에서 수입한 원목에서 비롯됐다는 것 등 몰랐던 스웨덴 이야기도 많습니다. 다양한 개성의 사람들이 배려하면서 살아가는 일상을 읽노라면, 굳었던 마음이 사르르 녹습니다.

이유진

『내성적인 여행자』

정여울 지음,
해냄,
2018

늘 떠남을 그리워하고 제자리에 머물지 않는 작가 정여울이 사랑한 유럽 36개 도시 여행기. 포르투갈 리스본에서 아름답지만 쓰라린 질문을 던지고, 핀란드 헬싱키에서 삶을 단순하게 만드는 마법을 경험하고, 영국 하워스에서 '제인 에어'를 떠올립니다. 여행이 자유롭지 않은 시대에 더욱 그리운 이국적 풍경을 통해 간접적으로나마 복잡한 마음을 달래며 삶의 영감과 활력을 얻을 수 있습니다. "길을 잃으면 필연적으로 길을 묻게 된다." 잠언과도 같은 문장들이 여행길에 함께하기를. 이유진

『당신이 나의 고양이를 만났기를』

우치다 햣켄 지음,
김재원 옮김,
봄날의책, 2020

노^老 작가가 만난 두 마리 고양이 이야기이자, 두 마리 고양이가 만난 노 작가 이야기입니다. 고양이가 떠나고 남은 자리를 감히 쳐다도 못 보고 어린아이처럼 우는 노인의 어깨가 눈에 보일 듯 선한 책이에요. 노오란 바탕에 고양이가 그려진 표지에서부터 힐링이 아니 될 수 없습니다.

이슬기

『마음도
번역이 되나요』

엘라 프랜시스 샌더스 지음,
루시드 폴 옮김,
시공사, 2016

　　"자유스^jayus"란 말은 너무 재미없고, 썰렁해서 오히려 웃음보를 터뜨리는 농담을 뜻하는 인도네시아어라고 하는군요. 이 말을 포스트잇에 써서 이마에 붙여주고 싶은 이들이 몇 명 떠오릅니다. "사마르^samar"란 단어는 해가 진 뒤, 잠도 잊고 밤늦도록 친구들과 즐거운 시간을 보내는 것을 뜻하는 아랍어라고 합니다. 그러고 보니 이런 문장이 가능하겠군요. "아, 오늘은 아무 생각 없이 자유스나 하며 사마르 하고 싶다아아!" 그래요, 힐링은 그렇게 하는 겁니다. 김동국

『묵상』

승효상 지음,
돌베개,
2019

건축가 승효상이 종교 건축물을 순례하며 사색한 기록을 담은 건축 여행 에세이입니다. 유럽 순롓길의 성당과 수도원뿐 아니라 그리스, 아일랜드, 티베트 등에서 조우한 다양한 종교 건축물의 아름다움과 그 속에 담긴 평안을 전해줍니다. 스스로 유폐시키고 오로지 묵상과 찬송으로 일생을 보내는 수도사들의 세계가 치유의 기운을 전해줍니다. 장동석

『바람이 분다
당신이 좋다』

이병률 지음,
달,
2012

  책에는 차례도 쪽수도 순서도 없어요. 아무데나 펼치면 행복한 여행이 펼쳐집니다. 그 페이지를 느껴보세요. 거기가 어디가 될지, 누구를 만날지는 모르겠지만. 버려진 라면 봉지에 콩을 심어 싹을 틔운 인도 불가촉천민들, 택시비가 너무 많이 나왔다며 절반만 받겠다는 루마니아 택시 기사, 비행기가 좋아서 프랑크푸르트 공항에 자주 나와 사람들을 만나는 할아버지…. 어디에서든 아름답고 멋진 목소리를 들을 수 있어요. 강창래

『식물 산책』

이소영 지음,
글항아리,
2018

묵묵히 식물을 연구하고 그 식물을 그려온 식물 세밀화가의 이야기를 담고 있습니다. 조그만 식물의 세세한 지점까지 그려낸 그림, 그리고 그 이야기들을 따라가다 보면, 어떤 존재에 대해 찬찬히 섬세하게 들여다보는 누군가가 있다는 생각에 마음이 살짝 따뜻해집니다. 임윤희

『아홉 명의 완벽한 타인들』

리안 모리아티 지음,
김소정 옮김,
마시멜로, 2019

인간관계, 반복되는 일상의 무료함, 자신의 의지와 상관없이 벌어지는 상황에 스트레스를 받으며 지쳐가는 현대인들은 종종 지금과는 다른 삶을 꿈꿉니다. 이처럼 상실의 고통, 아픔과 좌절을 겪으며 각자 다른 삶을 살아온 아홉 명의 낯선 사람들이 휴양지의 치유 공간에서 만나게 됩니다. 좌충우돌하며 서로를 이해하고 상처를 보듬는 과정이 긴장감 넘치게 전개되지요. 책을 덮을 즈음 결국 '사람을 치유하는 힘은 사람에게 있음'을 깨닫게 될 겁니다.

이용주

『어린 나무의
눈을 털어주다』

올라브 하우게 지음,
임선기 옮김,
봄날의책, 2017

평생 정원사 일을 하며 시를 쓴 올라브 하우게의 『어린 나무의 눈을 털어주다』를 옆에 두고 가만 소리 내어 읽으면, 저절로 마음이 위로를 받고 평온해집니다. 그의 시는 무겁지도 슬프지도 어렵지도 않게 우리네 어깨에 내려앉은 무게를 털어냅니다. 안정희

『주말엔 숲으로』

마스다 미리 지음,
박정임 옮김,
이봄, 2012

단순한 그림과 문장만으로도 뒤통수를 때리는 촌철
살인의 지혜와 깨달음, 웃음을 주는 만화책입니다. 도시
에 살며 번역을 하던 젊은 여성 하야카와가 과감하게 시
골로 집을 옮깁니다. 여전히 도시에서 직장을 다니는 두
친구는 주말마다 하야카와의 집에 들러 숲을 걷고, 카약
을 타고, 꽃을 즐기죠. 자연에 머물며 삶의 지혜를 배우고
오면 빡빡한 도시의 일상이 한결 부드러워집니다. 이영미

『한국 식물 생태 보감』

김종원 지음,
자연과생태,
2013~2016

저는 도시에 살 적에는 골목 마실을 하면서 골목 꽃을 지켜보며 마음을 풀었습니다. 이제는 시골에 살며 마음이 고단하면 풀밭에 앉아 풀벌레랑 얘기하고 풀꽃 내음을 맡아요. 때로는 나무를 타고 앉아서 멧새랑 눈을 마주 보면서 노래를 합니다. 도시 이웃님이 틈날 적에 도시를 떠나 숲이나 바다에서 마음을 달래듯, 들풀을 제대로 풀어낸 도감을 읽어보아도 마음이 확 풀려요. 숲바다로 못 가는 날에는 풀꽃 도감입니다. 최종규

『할아버지의 기도』

레이첼 나오미 레멘 지음,
류해욱 옮김,
문예출판사, 2005

『할아버지의 기도』는 저를 치유한 명저를 꼽을 때 가장 먼저 떠오르는 책입니다. 저자는 삶에서 소중한 것들, 마음을 나누는 여유, 상실과 고통의 가치, 받아들임의 지혜, 이성 너머에 있는 삶의 신비 등을 따뜻하고 지혜로운 이야기들로 풀어냅니다. 이 책을 처음 읽던 무렵, 저는 길에서 넘어진 아이와 같은 상태였습니다. 저자가 들려준 이야기들은 지혜롭고 사려 깊은 할머니처럼 제 마음을 어루만져주었습니다. 당신의 지금 모습이 어떻든, 이 책에 담긴 몇 편의 이야기들이 깊은 울림을 선사하기를 기도합니다. 연지원

『헤세가 사랑한 순간들』

헤르만 헤세 지음,
배수아 옮김,
을유문화사, 2015

시인도 이제 막 일어나 하루의 첫 번째 커피와 빵을 먹는 자리에서는 아무런 방해 없이 온전히 그 시간을 누리고 싶은 날이 있다고 헤르만 헤세는 말해요. 디지털 문명이 발달한 시대를 살아가면서 커피 한 잔 마시는 시간도 휴대폰과 공유하고 있다는 것에 씁쓸함을 느낄 때가 있어요. 빵 한 조각과 커피 마시는 시간만큼은 주변을 둘러보며 충분히 즐기는 게 어떨까요. 세밀한 관찰자의 시선으로 써 내려간 헤세의 문체가 그런 순간들을 만들어 줄 거예요. 이유리

좋은 글귀로 지혜와 위로를
얻고 싶어요

『끝과 시작』

비스와바 쉼보르스카 지음,
최성은 옮김,
문학과지성사, 2007

"두 번은 없다. 지금도 그렇고/ 앞으로도 그럴 것이다. 그러므로 우리는/ 아무런 연습 없이 태어나서/ 아무런 훈련 없이 죽는다. (…) 미소 짓고, 어깨동무하며/ 우리 함께 일치점을 찾아보자./ 비록 우리가 두 개의 투명한 물방울처럼/ 서로 다를지라도 (…)" 폴란드 시인 비스와바 쉼보르스카의 시 「두 번은 없다」의 일부입니다. 메마른 뭍의 당신은 방금 그의 바다에서 온 작은 파도에 아주 조금, 아주 조금 젖었습니다. 저기, 바다가 기다리고 있습니다.

김동국

『당신의 이름을 지어다가 며칠은 먹었다』

박준 지음,
문학동네,
2012

박준 시인의 시는 아름답습니다. 뭐라고 해야 할지 모르겠지만, 정말로 여러 시구들이 모두 아름답습니다. 사실 좋은 시인의 시는 어떤 잠언록보다도 좋은 글귀들과 함께 가슴의 울림을 전해주기 마련입니다. 박준 시인의 모든 시를 추천합니다. 김민섭

『대화의 수준을 높이는 레토릭 영어 명언』

고창석 지음,
이담북스,
2013

대화할 때 인용 수준을 보면 지식수준을 알 수 있어요. 제대로 된 인용과 해석이 중요합니다. 그리고 충분히 다양해야 합니다. 입장과 상황이 다 다르니까요. 널리 알려진 속담이나 격언이 아니라면 출처를 분명히 알아두어야 해요. 주관적인 의견보다 객관적인 상황 설명과 성실한 출처 표시, 찾아보기 쉽게 만든 색인이 필요해요. 이 책이 딱 그렇습니다. 강창래

『레토릭』

샘 리스 지음,
정미나 옮김,
청어람미디어, 2014

누군가를 유혹하기 위해, 공감을 불러일으키기 위해, 의견을 정당화하기 위해, 존경심을 얻기 위해 '레토릭'은 꼭 필요합니다. 뿐만 아니라 세상에 속지 않기 위한 방패이자, 자신의 생각을 제대로 전달할 수 있는 도구이자, 세상과 맞서 싸울 수 있는 무기이기도 합니다. 아리스토텔레스부터 오바마까지 레토릭의 세계가 펼쳐집니다. 원리와 원칙 그리고 다양한 '명언, 명구' 사례가 영감靈感을 자극할 겁니다. 강창래

『베르나르 베르베르의 상상력 사전』

베르나르 베르베르 지음,
이세욱·임호경 옮김,
열린책들, 2011

아이디어가 막힐 때 이 책들에서 영감을! 『베르나르 베르베르의 상상력 사전』을 권합니다. 상상력을 촉발하고 사고를 전복시키는 기묘한 지식, 잠언, 일화, 단상 383편을 모았는데요. 베르베르가 열네 살 때부터 혼자 써왔던 수수께끼와 미스터리, 상상력을 자극하는 이야기들, 나만의 단어 사전을 모은 '백과사전'입니다. 안정희

『빵은 인생과 같다고들 하지』

윌리엄 알렉산더 지음,
김지혜 옮김,
바다출판사, 2019

평범한 회사원이며 중년 가장인 저자가 주말마다 '완벽한 한 덩이의 빵'을 굽기 위해 고군분투합니다. 1년 동안 파리, 모로코 등 빵의 원형을 찾아다니며 빵을 배우고 굽는 과정에서 결국 그가 깨달은 건 완벽하지 않아도 빵은 빵이라는 사실이지요. 그 깨달음이 고스란히 인생에 대한 통찰로 이어져 깊은 맛을 냅니다. 이용주

『새로 쓰는 비슷한말 꾸러미 사전』

최종규 지음,
철수와영희,
2016

우리는 우리말을 가장 모르는지도 몰라요. 학교는 다녔고, 나이는 먹었지만, 막상 어느 말을 어느 자리에 써야 어울리는가를 배운 적은 없는지도 모르고요. 비슷하기에 다른 말이 서로 어떻게 얽히며 새로운 결하고 맛이 되는가를 밝히는 사전을 차근차근 읽다 보면, 이제부터 우리말을 제대로 배워서 새롭게 쓰자는 생각이 들어요. 이러면서 생각을 반짝반짝 빛내며 머리를 번쩍번쩍 틔우는 길을 스스로 찾아냅니다. 최종규

『서울에 내 방 하나』

권성민 지음,
해냄,
2020

너무 멋있거나 거창한 명언은 그 자체로 버겁습니다. 기대 살 수 있는 문장은 평범한 데서 온다는 게 제 오랜 믿음입니다. 『서울에 내 방 하나』는 MBC에서 〈가시나들〉 등을 연출했던 예능 프로그램 PD 권성민이 대학 진학을 위해 서울에 입성한 후 차츰 보금자리를 늘려간 흔적입니다. "아주 멀찍이 어렴풋한 푯대 정도만 박아놓고 가끔씩 고개 들어 확인해 가며 사는 게 좋은 것 같다"는 말이, 지금 당장 꿈이 없는 직장인도 위로해줍니다. 이슬기

『셰익스피어의 위대한 문장들』

윌리엄 셰익스피어 지음,
박성환 엮음,
문학동네, 2002

셰익스피어를 읽는 방법에는 여럿이 있습니다. 그가 쓴 작품을 읽는 것이 정석이겠지만, 특히 희곡 읽기는 평범한 독자들에게 익숙지 않죠. 주옥같은 문장들을 모아 놓은 앤솔러지는, 물론 그가 그려낸 모든 세계를 탐사하기엔 부족함이 있겠지만, 그가 글자로 만들어낸 세계의 편린을 엿보는 데는 부족함이 없을 겁니다. 임윤희

『소크라테스의 변명』

플라톤 지음,
황문수 옮김,
문예출판사, 1999

나는 누구인가를 고민해본 사람이라면, 이 질문 때문에 뜬눈으로 밤을 보내본 사람이라면, 소크라테스가 제격입니다. 철학은 어렵다는 핑계 아닌 핑계는 잠시 내려놓고, 그저 한번 도전해봅시다. 나는 누구인가를 묻는 그 질문 자체로 아이디어가 샘솟을지도 모르니까요. 장동석

『여덟 단어』

박웅현 지음,
북하우스,
2013

『책은 도끼다』(북하우스)의 저자 박웅현이 인생을 살아가면서 한 번쯤 생각해보면 좋을 여덟 가지 삶의 키워드를 소개합니다. '자존', '본질', '고전', '견^見', '현재', '권위', '소통', '인생'. 그러면서 삶의 기준을 왜 내 안에 둬야 하는지, 지금 이 순간을 충실히 살아야 하는 이유는 무엇인지, 다양한 책과 고전을 끌어와 얘기하는 삶의 지혜가 설득력 있게 전개됩니다. 이영미

『예술하는 습관』

메이슨 커리 지음,
이미정 옮김,
걷는나무, 2020

조앤 롤링, 루이자 메이 올콧, 프리다 칼로, 버지니아 울프…. 모두 똑같은 24시간을 사는데, 왜 어떤 사람들은 더 창의적이며 많은 것을 이루는 걸까요? 위대한 성취를 이룬 예술가들의 보통의 하루에서 그 답을 찾습니다. 성실함을 무기로 끊임없이 '좌절하고 타협하며' 만들어간 창조적인 이들의 일상이 인생의 지혜와 영감을 얻는 좌표가 되어줍니다. 이용주

『인생 수업』

엘리자베스 퀴블러 로스·
데이비드 케슬러 지음,
류시화 옮김, 이레, 2006

　　명언으로 '위로'를 받고 싶다면 『인생 수업』을 권하고
싶습니다. 20세기를 대표하는 정신의학자와 그의 제자가
죽음을 눈앞에 둔 사람을 만나면서 깨달은 삶과 죽음, 사
랑과 지혜에 관한 통찰을 담은 책입니다. 명언집은 아닙니
다만 지혜로운 문장들이 주옥같이 박혀 있어요. 위로하고
보듬는 책으로, 이보다 나은 책을 떠올리기 힘드네요.

연지원

『작은 생선을 요리하는 마음』

김풍기 지음,
올유문화사,
2017

사자성어에 담긴 지혜와 일상의 일화를 엮어 만든 인문 에세이입니다. '사자성어'란 그야말로 오랫동안 살아남아 면면이 이어져 내려온 인류의 지혜가 담긴 보고일 것입니다. 지금의 일화까지 엮어 펴낸 책인지라, 그 짧은 네 글자 안에 어떤 보물이 들어 있는지 훨씬 현실감 있게 다가옵니다. 임윤희

『키키 키린』

키키 키린 지음,
현선 옮김,
항해, 2019

"진품이라고 해서 널리 퍼지리란 법은 없어요. 가짜가 오히려 퍼지기 쉽죠", "세상을 망치는 것은 노인이 판칠 때다". 그의 연기는 복제 불가, 그의 명언들도 복제 불가입니다. 2018년 세상을 떠난 배우 키키 키린은 일본의 '국민 엄마'로 불리죠. 엄마에게 다양한 얼굴이 있듯, 그 역시 마찬가지입니다. 경쾌함과 숙연함 사이의 통찰이 놀랍습니다. 이유진

『하루 10분 내
인생의 재발견』

라이언 홀리데이·
스티븐 핸슬먼 지음,
장원철 옮김,
스몰빅라이프, 2018

용기와 희망을 안기는 문장, 자신의 불찰을 보여주는 문장, 한동안 추구해야 할 문장, 반드시 실천하고 싶은 문장을 붙잡고 산다는 것은 책 읽기의 선물이자 훌륭한 삶의 경영이라 생각합니다. 근래에 나온 명언집으로 『하루 10분 내 인생의 재발견』을 추천합니다. 마르쿠스 아우렐리우스, 에픽테토스, 세네카 등 고대 그리스와 로마 현자들의 지혜를 담았습니다. 한 권 더 꼽자면 『365일 에센스 톨스토이 잠언집』(해누리기획)이 있습니다. 대문호가 만년에 삶의 이정표로 삼았던 지혜로운 격언들을 묶은 책입니다. 두 권 모두 1년 365일 날마다 생각에 잠길 수 있도록 편집했습니다. 연지원

『365 매일 읽는 긍정의 한 줄』

린다 피콘 지음,
키와 블란츠 옮김,
책이있는풍경, 2012

시간이 없는 현대사회. 짧으면서도 인생의 깊은 맛을 느끼게 해주는 짧은 글 한 줄, 누군가에게 들려줬을 때, "아!" 하고 감탄하게 하는 강하면서도 짧은 감동이 필요한 당신이라면 이 책을 권합니다. 『365 매일 읽는 긍정의 한 줄』은 동서양의 유명한 문학가, 예술인, 철학자 들의 말과 글을 1년 동안 옆에 두고 읽으며 생활의 비타민으로 삼을 수 있습니다. 박승민

어떤 책부터 읽어야 할지
모르겠어요

『갈매기 조나단』

리처드 바트 지음,
은행나무,
2002

    어떤 책은 너무 진지하거나 어렵고, 또 어떤 책은 너무 두꺼워서 부담이 생기는 게 사실이죠. 처음에는 가볍게 읽다가 자신도 모르게 감동의 전율이 오는 책, 그런 책부터 시작하는 것이 독서의 첫 걸음이죠. 그런 사람들을 위해 동서양의 고전, 그러나 무겁지도 무섭지도 않은 책,『갈매기 조나단』을 소개합니다. 박승민

『경성 탐정 이상』

김재희 지음,
시공사,
2010~2019

무엇보다 재미가 있어야겠지요. 낭만과 불안이 혼재된 경성 시대를 배경으로 암호와 추리에 능한 천재 시인 이상과 생계형 소설가 구보가 탐정으로 활약하는 『경성 탐정 이상』을 권합니다. 모든 사건이 실재의 역사적 시공간에서 발생하는데, 두 탐정의 예측할 수 없는 스릴과 반전으로 다음 편을 읽고 싶게 만듭니다. 어느 편부터 읽어도 상관없습니다. 각각의 사건들로 구성되어 있으니까요. 다 읽고 나면 사건에 등장했던 역사적 인물에 대한 호기심도 생기고, 서울의 공간들이 다르게 보이기도 합니다. 안정희

『구덩이』

루이스 새커 지음,
김영선 옮김,
창비, 2007

어느 날 하늘에서 운동화 한 켤레가 떨어집니다. 변명의 기회도 제대로 갖지 못하고, 주인공 스탠리는 이 운동화 때문에 소년원에 갇혀, 땡볕에서 하루 종일 구덩이를 파게 됩니다. 뭐 이런 말도 안 되는 경우가 다 있나, 싶으시죠. 주인공은 오죽했겠어요. 하지만 말이죠, 이 말도 안 되는 이야기가 터무니없이 말이 되는 이야기로 바뀝니다. 시공간을 교차시켜 하나의 거대한 세계를 구축하는 작가의 이야기 솜씨는 놀라울 따름입니다. 당신은 이 책을 읽는 순간부터 이야기에 빠져 시간을 잊게 될 겁니다. 이건 그냥 청소년 문학이 아닙니다. 그냥, 끝내주게 멋진 소설이라고요! 김동국

『그 나라 하늘빛』

마종기 지음,
문학과지성사,
1991

오래전 한 시절을 끼고 살았던 시집입니다. 시집이 익숙지 않은 이들에게, 그래도 시가 한 번쯤 읽어볼 만한 것이라고 권해주곤 했던 책이기도 하고요. 먼 나라로 이민 간 시인의 고국에 대한 그리움과 애틋함이 쉬운 단어들로 표현되는데, 그래서 도리어 시인이 구사하는 세계가 맑게 눈에 들어옵니다. 임윤희

『나의 몫』

파리누쉬 사니이 지음,
허지은 옮김,
북레시피, 2017

이란 여성 마수메의 삶과 얽힌 50년 이란 현대사를 그린 작품입니다. 마수메는 종교와 전통에 갇힌 가족, 가부장적이고 극단적 보수주의에 빠진 한 사회의 중심에서 치열하게 살아냅니다. 그녀에게 투쟁의 대상은 가족과 사회였습니다. 작품은 종교와 이념, 전통과 문화로 희생당한 한 인물을 통해 우리에게 질문합니다. 우리가 맹목적인 태도를 가지고 있는 것은 아닌지, 자신이 옳다고 믿는 것에 매몰되어 편협한 광신자가 되어가고 있는 것은 아닌지. 마수메의 삶은 한 개인만의 시간이 아니라, 이란의 시간이자 온 인류가 돌아보아야 할 시간입니다. 전은경

『다시, 책으로』

매리언 울프 지음,
전병근 옮김,
어크로스, 2019

디지털 시대에 왜 다시 책을 읽기 시작해야 하는가? 이 질문에 '읽기를 위한 뇌'에 대한 세계적인 연구자가 답합니다. 편지 형식으로 쓰여 있어서 부드럽고 따뜻할 뿐 아니라 쉽게 읽힙니다. 역사와 문학, 과학을 넘나드는 광범위한 자료와 사례를 토대로 '읽기'가 인류에게 얼마나 중요한지 설명합니다. 특히 스크린 중심의 디지털은 우리의 뇌에서 '깊이 읽기' 회로를 사라지게 만들지 모릅니다. 그건 재앙입니다. 강창래

『달빛 속을 걷다』

헨리 데이비드 소로 지음,
조애리 옮김,
민음사, 2018

　　미국을 대표하는 사상가이자 시인인 헨리 데이비드 소로는 억압적인 국가 체제와 물질문명에 대항해, 자발적 아웃사이더로 자연을 사랑하고 진실을 탐구하는 삶을 살았어요. 『달빛 속을 걷다』는 소로가 걷기, 산책, 여행을 주제로 집필한 에세이를 엮은 책이에요. 그의 대표작인 『월든』(은행나무)이 처음 접하기 부담스럽다면, 이 책부터 시작해보는 건 어떠세요? 자연을 산책하는 마음으로 한 문장씩 꺼내 읽고 사색의 시간을 가지기 좋을 거예요. 이유리

『뜨거운 휴식』

임성용 지음,
푸른사상,
2017

시인이 쓴 산문집입니다. 그러나 근엄한 산문들은 아니에요. 가수 조용필의 어떤 노랫말처럼 "웃고 있어도 눈물이 나"는 상황이 그려져 있습니다. 우리는 저자가 그려낸 상황 속에서 깊은 아픔을 느끼게 될 겁니다. 글을 읽으며 한참 웃고 나면 어느새 눈물이 나지요. 일단 재미있습니다! 박상률

『셜록 홈즈 전집』

아서 코난 도일 지음,
백영미 옮김,
황금가지, 2002

이제 독서를 시작한 분이라면 책 읽기의 '뽕 맛'부터 체험해야 합니다. 저의 뽕 맛 이야기가 약간의 자극이라도 되면 좋겠네요. 독서에 입문했을 무렵, 제가 읽은 가장 흥미로운 책은 『셜록 홈즈 전집』이었습니다. 벌써 30년 전의 일인데도, 문고판 전집을 한 권 한 권 읽어가던 기억이 생생합니다. 흠뻑 빠져들었던 추억 덕분에 제게는 각별한 책이 되었습니다. 그 짜릿한 체험 덕분에 책의 세계 속으로 한 발짝 더 들어설 수 있었습니다. 또 다른 책으로 이끄는 책이야말로 처음 시작하는 독서가에게 필요한 벗이겠지요. 연지원

『속죄』

이언 매큐언 지음,
한정아 옮김,
문학동네, 2003

이언 매큐언의 소설은 돌이킬 수 없는 찰나의 선택이 사건 속 인물들의 삶을 어떻게 변화하게 만드는지 보여줍니다. 사랑, 거짓말, 전쟁 그리고 속죄. 소설『속죄』는 이 거대한 주제들이 작품 안에서 어떻게 연결되고, 어떻게 해석될 수 있는지 보여주는 작품입니다. 소설을 통한 속죄는 가능한 일일까요? 브리오니의 속죄는 유효한 것일까요? 전은경

『아다지오 소스테누토』

문학수 지음,
돌베개,
2013

　　인문학자 문학수는 "음악을 듣는다는 행위는 결국 사람을 만나는 일과 별반 다르지 않다"라고 말합니다. 작곡가 개인의 내면을 만나고, 그가 살았던 시대와 대면하는 일이라고 정의합니다. 이는 인류 보편의 희로애락과 당대의 갈등과 타협, 때로는 권력을 향한 욕망들과 함께하는 일이라고 전합니다. 『아다지오 소스테누토』는 음악이라는 키워드로 세상을 읽는 책입니다. 18세기 런던에서, 시민혁명이 일어났던 프랑스에서, 세계대전이 있었던 유럽에서도 음악은 늘 함께하고 있었습니다. 역사의 고비를 건너 현재에 당도한 곡들과 만나며 우리의 현재를 읽어보아도 좋겠습니다. 전은경

『아무튼, 술』

김혼비 지음,
제철소,
2019

무엇을 읽어야 할지 모르겠다면 '아무튼 시리즈'를 추천합니다. 여러 작가들이 '저마다에게 아무튼 좋은 한 단어'를 소재로 해서 쓴 문고판 에세이집이지요. '술', '요가', '외국어', '스웨터' 등등, 어떻게 이러한 단어 하나로 한 권의 책을 완성할 수 있나 싶지만, 그만큼 필력이 좋은 작가들이 많이 참여했습니다. 시리즈 중 뭐부터 읽어야 할지 고민이라면 김혼비 작가의 『아무튼, 술』을 추천합니다.

김민섭

『예술적 상상력』

오종우 지음,
어크로스,
2019

 "인간은 누구나 본래 예술가이고 예술적 상상력은 인
격을 형성한다." 저자 오종우는 예술과 언어, 예술과 현실
그리고 예술과 삶을 연결하여 보이는 것 너머를 보는 힘
에 대해 이야기합니다. 눈에 보이는 세상을 떠받치고 있
는 보이지 않는 세계도 우리가 사는 세상이며, 보고 있으
나 보지 못한다는 모순 또한 우리의 현실입니다. 전은경

『오늘밤은
굶고 자야지』

박상영 지음,
한겨레출판사,
2020

재미가 최고입니다. 무족권(?). 매일 밤 "오늘밤은 굶고 자야지"라고 다짐하는 비만인의 무규칙 생활밀착형 다이어트 에세이입니다. 핍진한 직장 생활 묘사에서부터 짠내 나는 청년 생활, 험난한 다이어트 여정까지 어느 것 하나 빼놓지 않고 재밌어요! "넌 내가 뒤룩뒤룩 살이 쪄도 좋아할 수 있어?" "살찌면 더 좋지. 그만큼 지구에 네가 차지하는 부분이 많아지는 거잖아?" 연인들 사이의 이런 대화들이란. 사랑하지 않을 수 없는 책입니다. 이슬기

『오리엔트 특급 살인』

애거서 크리스티 지음,
신영희 옮김,
황금가지, 2013

'추리소설의 여왕' 애거서 크리스티의 대표작입니다. 『그리고 아무도 없었다』(황금가지)와 함께 전 세계적으로 가장 유명하고 많이 팔린 『오리엔트 특급 살인』은, 기차 여행을 좋아했던 크리스티의 애정을 엿볼 수 있습니다. 고립된 밀실 안에서 범인을 찾아내는 독창적인 구성과 결말이 어우러진 걸작으로 평가받고 있지요. 특히 범인의 의외성이 놀랍습니다. 이영미

『작별』

한강 외 지음,
은행나무,
2018

　'제12회 김유정문학상 수상작품집'입니다. 더운 여름이나, 추운 겨울이나 한강의 눈^雪 이야기는 조심스럽고 유려하면서 매혹적입니다. 수상작 「작별」은 어느날 갑자기 눈사람이 되어버린 한 여성을 따라갑니다. 존재와 소멸, 태어남과 떠남, 삶과 죽음의 경계에 대한 쓸쓸한 사색. 강화길, 권여선, 김혜진, 이승우, 정이현, 정지돈의 작품도 함께할 수 있어요. 이유진

『태도가
작품이 될 때』

박보나 지음,
바다출판사,
2019

감각을 살아 움직이게 할 정도로 예술을 탐닉하면서 우아함을 잃지 않는 책이에요. 관습과 규율에서 벗어나 새로운 관점에서 의미를 재생산해내는 끝없는 탐미적 시선은 예술에 대한 절대적인 사랑이겠죠. 익숙한 것에서 벗어나 사고를 확장하고 싶다면 이 책을 추천합니다. 이유리

『하이디』

요한나 슈피리 지음,
한미희 옮김,
비룡소, 2003

글만 읽어도 알프스 깊은 멧자락에 깃들어 염소젖을 마시며 구름을 타고 하늘을 날아오를 수 있구나 하고, 갑갑한 도시에 갇히면 슬픔에 젖은 채 여윈 몸이 되고 마는구나 하고, 웃음하고 눈물을 느낍니다. 다 같이 모두 내려놓고 알프스 숲돌이, 숲순이가 되면 가장 좋겠지요. 아직 다 내려놓지 못하겠다면 책으로 '하이디 마음하고 넋'부터 느껴봐요. 눈부신 사랑이 태어난 자리를 헤아려요.

최종규

『한시 미학 산책』

정민 지음,
휴머니스트,
2010

현재 한시는 창작보다는 연구 대상이 되어 있습니다. 그러나 한시를 가만히 들여다보면 현대시의 모든 '기법'이 다 들어 있지요. 이 책은 단지 시의 기법만을 말하는 건 아닙니다. 무엇보다도 시를 쓴 사람의 정서와 감정, 시의 대상에 대한 깊이 있는 고찰 등을 통해 책 읽기의 즐거움을 맛보게 합니다. 현대시든 한시든, 시에 관심이 있든 없든, 일단 읽기 시작하면 손에서 놓기가 쉽지 않을 겁니다.

박상률

『혼자 남은 밤,
당신 곁의 책』

표정훈 지음,
한겨레출판,
2019

　　책이 등장하는 그림과 그 안에 담긴 책 이야기를 엮었습니다. 그림이 그려진 시대에 있었을 법한 책과 이야기를 넘치는 상상력으로 풀어냈는데, 탐서주의자 표정훈이기에 가능한 책이지요. 책의 위로를 받으며 광활한 고독과 사색의 세계로 빠져든, 그림 속 책과 인물 이야기와 주체적 여성의 삶 등을 다루고 있어 읽는 맛이 남다릅니다.

장동석

지은이 소개

강창래

20년 편집자였고, 20년 전업 작가입니다. 인문학 강의도 많이 해요. 1만 5천 권 정도의 책을 가지고 있습니다. 책이 영화보다 재미있으니까요. 『책의 정신』, 『오늘은 좀 매울지도 몰라』, 『위반하는 글쓰기』 등을 썼어요.

김동국

서울대학교 미학과에서 학부와 대학원 박사과정을 수료하고, 철학과 미학에 대한 강의와 글쓰기를 하고 있습니다. 『철학 이야기』(전 40권 공저), 『아무도 위하지 않는, 그러나 모두를 위한 니체』 등을 썼습니다.

김민섭

책을 쓰고 기획하고 만들고 이런저런 일을 하면서 지냅니다. 쓴 책으로는 『대리사회』, 『훈의 시대』 등이 있고, 기획한 책으로는 『회색 인간』(김동식), 『저승에서 돌아온 남자』(문화류씨) 등이 있습니다.

박상률

사람보다 개가 더 유명한 진도에서 '58년 개띠' 해에 태어나 자랐으며, 1990년 〈한길문학〉으로 작품 활동을 시작했습니다. 시집 『국가 공인 미남』, 소설 『봄바람』, 동화 『미리 쓰는 방학 일기』, 희곡집 『풍경 소리』 등을 펴냈습니다. 2018년 '아름다운 작가상'을 받았습니다.

박승민

1964년 경북 영주에서 태어나 2007년 〈내일을 여는 작가〉로 작품 활동을 시작했습니다. 시집으로 『지붕의 등뼈』, 『슬픔을 말리다』가 있습니다.

안정희

작가입니다. 『기록이 상처를 위로한다』, 『도서관에서 책과 연애하다』, 『책 읽고 싶어지는 도서관디스플레이』를 썼고, 『에이프릴 풀스 데이』, 『가이와 언덕지기 라이』를 번역했습니다.

연지원

인문학도이자 작가입니다. 책 읽는 삶을 제안하는 『나는 읽는 대로 만들어진다』와 리버럴 아츠의 가치를 탐구한 『교양인은 무엇을 공부하는가』를 썼습니다.

이슬기

'서울신문'에서 문학과 영화를 담당하는 기자. 문학 덕후 1n년 차에 '성덕'이 됐지만, 매주 배달되는 책더미에 깔려 어푸어푸 하는 중. 오늘도 슬기로운 문화생활을 고민합니다.

이영미

출판 편집자로 25년간 출퇴근을 했습니다. 200여 권쯤 재미나게 책을 만들었습니다. 10년 넘게 수영과 사이클, 마라톤을 했습니다. 인생이 바뀐 멋진 경험을 『마녀체력』에 담았습니다. 다른 건 몰라도, 지구력 하나는 끝내주는 것 같습니다.

이용주

잡지사, 출판사와 도서관재단에서 일했습니다. 시간이 날 때면 서점에서 놀다가 4년 전에 '우분투북스'라는 책방을 열었습니다. '북큐레이션연구소'를 운영하며 연구와 강의를 병행하고 있습니다.

이유리

기업에서 통합 마케팅 커뮤니케이션 업무를 하다가 퇴사 후 '그렇게 책이 된다'라는 큐레이션 서점을 열었습니다. 좋은 책을 발견해내는 것이 책방 주인의 역할이라는 마음으로 서점을 운영했으며, 지금은 '시즌 2'를 준비하며 다양한 책을 읽고 책과 관련된 활동을 하고 있습니다.

이유진

'한겨레' 책지성팀장. 매주 쏟아지는 새 책들을 먼저 읽고 기사를 씁니다. 결정이 힘들고 혼돈스러울 때도 있지만, 책을 내기까지 지은이와 출판인들의 노력을 떠올리며 정신을 차립니다. 학부에서 사회학을, 대학원에서 여성학과 문화학을 공부했습니다.

임윤희

'나무연필'이라는 출판사를 운영하면서 인문·사회와 관련한 논픽션을 만듭니다. 오랫동안 틈틈이 국내외 도서관을 둘러본 경험을 바탕으로 『도서관 여행하는 법』이라는 책을 썼습니다.

장동석

출판평론가, '출판도시문화재단' 문화사업본부장입니다. 고전과 세계문학을 주로 읽습니다. 『살아 있는 도서관』, 『금서의 재탄생』, 『다른 생각의 탄생』 등을 썼습니다.

전은경

독서·글쓰기문화연구소 '질문과 사유' 대표, '숭례문학당' 강사입니다. 문학으로 삶을 배우고, 문학에서 길을 찾고 있습니다. 소소하고 지루해 보이는 일상에 깊은 의미를 부여해줄 수 있는 것은 문학뿐이라고 믿는 사람입니다.

최종규

우리말사전을 새로 쓰고, '사전 짓는 책숲, 숲노래'라는 사전·사진·숲놀이 도서관을 꾸립니다.

한기호

'한국출판마케팅연구소' 소장이자 출판평론가입니다. 격주간 출판전문지 <기획회의>를 20년째 발간해오고 있습니다. 2010년 한국 최초의 민간 도서관 잡지인 <학교도서관저널>을 창간해 학생들을 대상으로 책 읽기 운동을 벌이고 있습니다. 『베스트셀러 30년』, 『나는 어머니와 산다』, 『책으로 만나는 21세기』 등을 썼습니다.

종이약국

2020년 9월 5일 1판 1쇄 인쇄
2020년 9월 15일 1판 1쇄 발행

엮은이   한국서점인협의회
지은이   강창래, 김동국, 김민섭, 박상률, 박승민, 안정희, 연지원, 이슬기, 이영미,
          이용주, 이유리, 이유진, 임윤희, 장동석, 전은경, 최종규, 한기호
펴낸이   한기호
책임편집   정안나
편집   도은숙, 유태선, 염경원, 김미향, 김민지
마케팅   윤수연
경영지원   국순근
디자인   블랙페퍼디자인
펴낸곳   북바이북
          출판등록 2009년 5월 12일 제313-2009-100호
          주소 04029 서울시 마포구 동교로 12안길 14 삼성빌딩 A동 2층
          전화번호 02-336-5675 팩스 02-337-5347
          이메일 kpm@kpm21.co.kr
          홈페이지 www.kpm21.co.kr

ISBN 979-11-90812-07-8 03800

이 도서의 국립중앙도서관 출판예정도서목록(CIP)은 서지정보유통지원시스템 홈페이지
(http://seoji.nl.go.kr)와 국가자료공동목록시스템(http://www.nl.go.kr/kolisnet)에서
이용하실 수 있습니다. (CIP제어번호: CIP2020036646)
북바이북은 한국출판마케팅연구소의 임프린트입니다.
책값은 뒤표지에 있습니다.